MW01715953

LE JARDIN DE TON ENFANCE

Francine Noël a aussi publié

Maryse, VLB, 1983 ; Bibliothèque québécoise, 1994.
Chandeleur, cantate parlée pour cinq voix et un mort, VLB, 1985.
Myriam première, VLB, 1987 ; Bibliothèque québécoise, 1998.
Babel prise deux ou Nous avons tous découvert l'Amérique, VLB, 1990 ; *Nous avons tous découvert l'Amérique*, Leméac/Actes Sud, 1992.
La conjuration des bâtards, Leméac, 1999.
La femme de ma vie, Leméac, 2005 ; Bibliothèque québécoise, 2010.
J'ai l'angoisse légère, Leméac, 2008.

FRANCINE NOËL

Le jardin de ton enfance

LEMÉAC

Les vers d'Anne Hébert qui figurent en page 100 sont reproduits avec l'aimable autorisation des Éditions du Boréal. (Anne Hébert, « Petit désespoir », dans *Œuvre poétique, 1950-1990*, Éditions du Boréal, 1993.)

Illustration de couverture : Paul-Émile Borduas, *Sans titre (Les trois formes hérissées)*, détail, 1942, Musée des beaux-arts de Montréal, don de M. Denis Noiseux et de Mme Magdeleine Desroches-Noiseux. Photo : MBAM, Christine Guest.

Leméac Éditeur reconnaît l'aide financière du gouvernement du Canada par l'entremise du Fonds du livre du Canada pour ses activités d'édition et remercie le Conseil des arts du Canada, la Société de développement des entreprises culturelles du Québec (SODEC) et le Programme de crédit d'impôt pour l'édition de livres du Québec (Gestion SODEC) du soutien accordé à son programme de publication.

Tous droits réservés. Toute reproduction de cette œuvre, en totalité ou en partie, par quelque moyen que ce soit, est interdite sans l'autorisation écrite de l'éditeur.

ISBN 978-2-7609-3350-7

© Copyright Ottawa 2012 par Leméac Éditeur
4609, rue d'Iberville, 1er étage, Montréal (Québec) H2H 2L9
Dépôt légal – Bibliothèque et Archives nationales du Québec, 2012

Imprimé au Canada

à François

BERCEUSE

29 août 2004. Tu viens de naître. Dans une ville insulaire appelée Montréal. Je t'ai tenu dans mes bras un long moment. Tu es né complet, sans manque apparent, et tu étais désiré.

Très loin d'ici, aux confins de l'Europe, il y a eu une prise d'otages dans une école. Des gens y sont morts, des enfants, pour la plupart.

Je te souhaite de vivre tout ton temps et de mourir de mort naturelle.

septembre. Nous sommes allés à une fête à la campagne avec ton grand-père espagnol, venu de Madrid pour te voir. Lui et moi avons déjà vécu ensemble à l'époque où les hommes étaient poilus. Il faisait son possible pour être poilu. Et Québécois. Il est le père de ton père.

La fête était réussie.

décembre. Un tsunami a balayé les côtes de l'Inde.

janvier 2005. Nous avons changé d'année, mais tu t'en fous, tu passes le plus clair de ton temps de veille à te tripoter les mains en roucoulant.

février. Tout me plaît de toi, même ton prénom vieillot. J'aime tes sourires et ton sommeil. Et le duvet de ta tête. Et ta chaleur de petite bouillotte. Tout.

mars. Je te garde souvent. En tant que nourrisson, tu es à ma merci et je peux te cajoler sans retenue. Je te berce pour t'endormir et te chante l'intégrale de mon répertoire, depuis *La poulette grise* jusqu'aux chansons de Paco Ibañez. Tu ne sais pas encore que je fausse – du moins, je présume que tu ne t'en rends pas compte – et j'en profite.

avril. Le pape est mort. Il a bien pris son temps. On ne parlait que de ça à la radio. Ici, les rues sont pleines d'étudiants en grève, qui refusent de payer leurs cours de plus en plus cher et de s'endetter pour un travail incertain.

quelques jours plus tard. Rien à signaler. Tu engraisses et ton père rédige sa thèse. Une thèse est un gros livre sans images. La fabrication d'un pareil objet demande des heures d'acharnement, c'est un travail de longue haleine et d'arrache-pied, je ne sais pas si tu me suis, toi qui aspires de tout ton être à marcher.

Maricourt, mai. Tu es venu ici, dans « ma » campagne ! Du haut des bras de ton père, tu as découvert le boisé, le ruisseau, l'étang et les champs. Puis vous êtes retournés à Montréal. Depuis, je te vois partout. Comme si le paysage gardait l'empreinte de tes yeux.

juin. Jours de canicule. Dont je me délecte. J'aime la chaleur, et je te sais au frais dans une autre campagne, chez ton grand-père maternel, où tu retrouves ta cousine et les innombrables sœurs de ta mère. Dans ce clan, tu as des dizaines de parents, sans compter les demi-frères, les demi-sœurs, les conjoints, le ban et l'arrière-ban.

De mon côté, c'est la routine : un chevreuil traverse la cour et les séquelles de mon accident d'auto se résorbent. Je suis plutôt douée pour les accidents.

Il y a un beau coucher de soleil dans la montagne. Tu n'as jamais vu ça, tu t'endors trop tôt.

Si tu savais lire, je t'enverrais une lettre remplie de gros câlins.

juillet. Mon livre avance. À part d'être ta grand-mère, j'écris des livres. C'est pour ça que je tiens ce journal, parce que l'écriture me vient facilement. Plus facilement que le patin, disons. Je ne serai jamais ton coach de hockey.

Cacouna, août. Vous êtes à Madrid chez ton grand-père, et moi, dans ma deuxième campagne : une bicoque décatie avec vue sur le fleuve, l'île, les montagnes de la rive Nord au loin et le soleil qui s'y pose en fin de journée. J'ai hérité ce paradou de ma mère, qui y est née. C'était autrefois une belle grande maison de ferme.

PREMIERS MOTS

Montréal, le 29 août. Tu as un an aujourd'hui.

À La Nouvelle-Orléans, les gens sont noyés sous les décombres d'un ouragan qui porte le joli nom de Katrina. Toute cette zone est dévastée.

Ton père a profité de votre séjour en Espagne pour te procurer un passeport de ce sympathique pays. Étant lui-même Espagnol par son père, il peut te transmettre sa citoyenneté. Ça te fait deux passeports. Sois sans crainte : tu ne seras pas tenu au service militaire, ni en Espagne, ni au Canada. Et tes photos sont plutôt bien, pour des photos du genre. Tu n'as pas l'air d'un bum.

Maricourt, octobre. La plupart des oiseaux migrateurs sont partis vers le sud et je rentre demain à Montréal. Je laisse les chevreuils, les lièvres, les marmottes et tous les autres animaux qui passeront l'hiver ici, sans mon regard. Ils n'ont pas besoin de mon regard. Avec un peu de chance, je retrouverai la maison intacte au printemps et la nature prête à recommencer.

novembre. Je suis allée au cinéma avec Céline, qui t'a donné un pyjama à ta naissance. Lequel des pyjamas, demanderas-tu, il en pleuvait. Céline est celle qui a de grands yeux, qu'elle maquille à la mode des années soixante-dix et ça lui va très bien. C'est ma meilleure amie. Nous avons beaucoup aimé le film, réalisé par un monsieur qui, jusqu'à présent, avait surtout fait l'acteur. D'aucuns avaient dit qu'un simple acteur ne devait pas se mêler de création, et voilà que le film est bon. Ils n'ont plus qu'à avaler leur cravate.

Quand tu seras plus vieux, je t'amènerai au cinéma.

décembre. J'espère que madame Bachelet sera élue à la tête de son pays, le Chili. Elle serait la sixième femme d'État dans le monde. Le fait d'être une femme la rend-il nécessairement compétente ? Non. Mais j'aime croire qu'elle le serait ; elle semble avoir à cœur le bien des gens et être dévouée à la *res publica,* dispositions mentales indispensables à qui veut se mêler de politique.

Tu es asthmatique. Ça s'est déclaré il y a quelque temps. On connaît mal les causes de cette maladie. Elles sont physiologiques, évidemment, mais il y entre une part d'angoisse. Quoique tous ne soient pas d'accord là-dessus… En tout cas, c'est angoissant de te voir chercher ton air sans pouvoir t'aider.

janvier 2006. Madame Bachelet a été élue.

Aujourd'hui, nous sommes entrés dans une animalerie. Nous avons fait le tour des cages et le ravissement se lisait sur ta figure. Après, chez toi, tu as couru dans le passage en poussant des cris de joie. Ce sont les petites choses qui tissent la toile du bonheur et qui n'ont pas d'équivalent dans ma vie sans toi ; je ne les trouve ni dans l'amitié, ni le travail, ni même l'amour.

février. Je suis allée au théâtre avec Céline voir une pièce de monsieur Racine. Le mot formidable ne suffirait pas à qualifier ce spectacle. Ni bouleversant. Ni ravageur. Peut-être le mot espagnol *pasmado* pourrait-il rendre compte de notre émotion. Nous étions *pasmadas*, Céline et moi, et toute la salle le semblait aussi.

Dans les journaux européens, il y a depuis quelque temps une dispute à propos de caricatures que certains jugent offensantes envers leur prophète. Ils voudraient qu'on emprisonne les auteurs de ces dessins. Toi, tu dévores les livres d'images en toute impunité, car notre culture encourage la représentation des êtres et des choses. D'autres s'en méfient. Je me demande parfois comment on éduque les enfants dans ces sociétés. Céline, savante en la matière, dit que leurs enfants dessinent comme les nôtres; c'est vers l'adolescence que leur regard, frappé d'interdit, se replie vers l'intérieur… Mais à quoi sert d'avoir des yeux si c'est pour les détourner de la beauté? Voir et être vu: ce sont les fondements de la vie en société. Tu verras.

mars. Tu es à l'âge délicieux où l'on commence à parler, tu répètes après nous, sur le même ton et avec conviction.

J'ai acheté *Le grand livre des animaux* et nous le lisons ensemble; tu lis les images et moi, le texte.

Ton grand-père maternel est à l'hôpital. Tu me diras qu'il y va tous les jours, à l'hosto, vu qu'il est médecin. Mais cette fois-ci, c'est lui le malade.

En Espagne, l'ETA annonce un cessez-le-feu.

mai. Je rentre d'Irlande et j'apprends que tu n'as pas reçu ma carte postale. C'est comme ça, maintenant, on ne peut plus se fier à Postes Canada. J'avais choisi la carte avec beaucoup de soin. On y voyait des moutons blancs à tête noire paissant dans des champs où poussent des ajoncs d'un jaune délirant. Ton père se serait fait un plaisir de te la lire, j'en suis sûre.

Tu as appris beaucoup de mots en mon absence.

J'ai retrouvé ma table d'écriture et la petite musique des bonheurs domestiques ; les bruits de la maison, tes pas dans le passage, en bas, et les aigus de ta voix.

Je descends chez toi par l'escalier d'en arrière et l'écho de la radio m'y poursuit – ton père et moi écoutons le même poste –, j'ai manqué deux ou trois phrases du bulletin de nouvelles, pas plus : la guerre continue. Je t'avais caché ça jusqu'à présent, mais à quoi bon, tu le sauras tôt ou tard : nous sommes en guerre. Avec nos voisins, les Uessiens, et d'autres pays copains, nous avons envahi une contrée montagneuse appelée Afghanistan. Nous y pourfendons le Taliban, un énergumène barbu qui déteste la musique, le dessin, les livres, le rire, la danse, les animaux domestiques et les cerfs-volants. Entre autres. Le mot sinistre semble avoir été inventé spécialement pour lui. Est-ce une raison pour envahir le pays qu'il terrorise ?

Tu n'es pas obligé de répondre tout de suite. Prends ton temps.

juin. De retour à Maricourt. Viendras-tu me voir cette année ?

juillet. Ta grand-tante espagnole arrive bientôt. Elle est cyclique comme les marées ; tous les deux ans, elle débarque chez ton père. Moi, je l'appelle Hermanita. Ça veut dire sœurette.

Cacouna. On voit à peine les contours de l'île, tellement la pluie est forte, et ce qu'on en voit est gris. Il a plu tout l'été sur le Québec, alors qu'en Espagne, de grands morceaux de forêt s'embrasent.

J'ai eu la visite surprise d'un oncle que je ne connaissais qu'en photo. Très jeune, il s'était enfui dans les steppes de l'Ouest canadien et tout le monde ici le croyait mort, comme la fée Carabosse dans l'histoire de *La belle au bois dormant*, mais le revoilà, très vieux et cassant le français. Il habite maintenant à Vancouver, qui se trouve à l'autre bout du Canada, et il voyage en roulotte. Son homme de compagnie, qui est aussi son coiffeur et son garde du corps, ne comprend que l'anglais et ça m'énerve. Mais lui, l'oncle, est plutôt gentil. Il s'appelle Cyrille.

Montréal, le 7 août. Ton grand-père maternel est mort. À cinquante-cinq ans. Quand tu commenceras à t'enfoncer dans les mystères du temps, vers l'adolescence, ça te semblera vieux, cinquante-cinq ans. Mais c'est jeune pour mourir, crois-moi. Aux funérailles, l'église était bondée. On a fait jouer la chanson de monsieur Brel, « Le Moribond », et la voix du chanteur mort gueulait « C'est dur de mourir au printemps. »

Ta cousine et toi n'étiez pas conscients de l'aspect libérateur de cette cérémonie. Vous souffrirez peu de la perte de votre grand-père, sinon de façon diffuse. Vous sentirez surtout le chagrin de vos mères.

Toi, il te reste le grand-père espagnol.

PETIT SAGOUIN

29 août, soir. Il y a eu une fête ici, dans la cour, pour tes deux ans. Il y avait *foule* monde et une montagne de cadeaux.

septembre. C'est la rentrée. Autrefois, bien avant toi, j'étais professeure. J'ai donc passé ma vie à l'école et toujours vécu au rythme du calendrier scolaire. J'aime l'odeur des cahiers neufs et des gilets de laine fraîchement lavés. Et celle des pommes croquantes.

Vous avez la visite de ton grand-père espagnol. Il est affecté par la mort de son compère, le Québécois, il l'aimait bien.

En revenant du parc, nous sommes montés chez moi pour jouer avec les animaux préhistoriques que j'ai achetés au magasin de bébelles à un dollar. Tu prends toujours le ptérodactyle. Je te le laisse parce que tu es plus jeune que moi. De toute façon, je le trouve laid.

Maricourt, octobre. Céline est venue me voir ici, bien qu'elle apprécie peu ma campagne. Nous avons fait une promenade dans les routes avoisinantes, parmi les collines jaunies. Elle a la jambe élastique. Après, comme elle débordait encore d'énergie, nous avons ratissé les plates-bandes, et c'est en ratissant que je lui ai appris la grande nouvelle : vous attendez la venue d'un bébé. Elle s'en est réjouie. Je gage qu'elle n'en a rien à cirer, de cet accroissement de ma descendance, mais elle est bien élevée et douée pour l'empathie. C'est pour ça que je l'aime. Entre autres.

Je reviendrai bientôt avec vous pour l'hiver. J'écris mieux ici, mais dès décembre, le champ se transforme en une toile de monsieur Lemieux, où les ciels sont gris-noir, sans aucun espoir de soleil. Je n'aime pas le gris. Quant aux noirs, il y en a qui chantent, ceux de monsieur Borduas, par exemple, ou ceux du vieux Rembrandt. On dira tout ce qu'on veut des toiles de Lemieux, mais ses noirs ne chantent pas… À Montréal, on voit moins la neige, il me semble. Et il y a le Biodôme, que tu appelles la forêt. Et il y a toi.

Montréal, décembre. Pendant que je prépare notre collation, je te raconte des anecdotes dont la cigale et la fourmi sont les vedettes, ou le renard et le corbeau, ou encore le loup Pélagneau. Je déteste les fables de La Fontaine, mais j'en sais quelques-unes par cœur, et quand j'ai les mains dans la nourriture, elles te tiennent occupé : assis bien droit sur ta chaise, tu m'écoutes avec tes grands yeux de petit sagouin. Subjugué.

À la radio, on parle encore de la fusillade qui a eu lieu le mois dernier sur le campus du collège Dawson. Il est facile de se procurer une carabine et encore plus facile d'attraper la rage.

nuit. Hier soir, pour justifier mon départ hâtif de chez toi, je t'ai dit que j'allais souper avec un ami. Tu m'as demandé son nom. Prise de court, je t'ai répondu Hervé. C'est faux, il ne s'appelle pas Hervé. Ni Maurice. Ni Jean-Guy Papineau. Il a bien un nom, mais je ne peux pas le divulguer, il ne veut pas qu'on sache qu'il

« sort » avec moi. Qui ça, on ? Les gens, tout le monde. C'est un jeu ? Non.

Il est deux heures du matin et je rentre de chez lui. Il ne m'invite jamais à dormir avec lui. Céline dit que je vaux mieux que ça.

Tout est calme en bas, chez toi, et dehors, le fort de neige que ton père t'a construit brille sous la lune.

décembre, matin. L'ETA a repris les hostilités… La trêve n'aura pas été longue.

janvier 2007. Tu m'as dit Est-ce qu'on peut aller dans la forêt ? et nous sommes retournés au Biodôme. À chaque visite, nous découvrons de nouvelles espèces d'animaux. Les lynx sont rarement visibles – ils se lèvent tard – et nous n'avons jamais aperçu les paresseux, ne fût-ce que le bout d'une de leurs pattes, mais nous savons qu'ils sont là, dans la touffeur des arbres, nous avons confiance. Quant aux loutres, qui semblent passer leur vie à folâtrer, nous sommes convaincus d'avoir une relation particulière avec elles : elles sont *nos* loutres.

Ton deuxième cousin est né. Du côté de ta mère. Tu en as déjà un, côté paternel, à Madrid. Je l'appelle le haut-parleur.

février. Tu es malade. Légère indisposition qui n'a rien à voir avec ton asthme. Je bénis je ne sais quelle déité de t'avoir fait naître en santé. Je bénis la vie, tout simplement.

J'ai punaisé tes dessins sur le mur de mon bureau. Tu dis qu'ils représentent des loups. J'y vois plutôt de belles masses mauves. L'objet varie selon l'œil qui l'observe.

mars. Aujourd'hui, un peu partout dans le monde, il y a eu des manifs pour la paix. Plus précisément pour que les Uessa retirent leurs troupes d'Irak, un pays limitrophe de l'Afghanistan et riche en trésors pétroliers. Des milliers de gens sont descendus dans les rues pour réclamer ce retrait. Ici, nous étions cinq mille. J'ai marché avec Céline et son amoureux. Il faisait moins quinze et on s'est gelé les fesses.

Tes parents m'ont fait les gros yeux parce que j'ai employé devant toi un mot de type « tabarnak ». Comme si je criais tabarnak et taratata à tout bout de champ, à tort et à travers et sur tous les toits ! Mais que veux-tu, ils t'élèvent ! Il est vrai que certains mots peuvent sembler incongrus dans la bouche d'un jeune sagouin sans expérience, le juron jaillit de la vie, comme un embâcle qui cède, au printemps, et avant d'en ponctuer ses phrases, il est préférable d'avoir accumulé un peu d'amertume derrière la bavette ; quand ça va mal, on lève les yeux au ciel et on crie taratata. On déblatère et on dépasse les bornes, ça soulage. Mais les bornes sont mobiles et relatives selon les individus, par exemple, tes parents disent bordel pour désordre et ils ne bronchent pas lorsque tu utilises à ton tour ce mot pour parler du capharnaüm de ta chambre. Moi, ça me fait toujours drôle, parce que dans ma langue, ce mot veut d'abord dire foutoir.

avril. Les lettres s'étirent sous ta loupe, puis tu la glisses sur les images, les objets, tout ce qui t'entoure. Puis tu laisses tomber la loupe, attiré par une trousse de cosmétiques qui date de l'époque où je faisais l'actrice, la boîte est d'un rose criard, mais les produits sont encore bons, pas même séchés, et tu t'en barbouilles les joues avec application. Chaque fois que tu viens chez moi, tu t'amuses avec ces objets selon le même ordre, quasi rituel : la loupe, le maquillage, les coquillages, le pot de boutons, les pierres et, finalement, les colliers de verroterie jamais portés, achetés à une fillette sur la plage de Puerto Angel.

Tu m'as demandé de te dessiner un poulet. J'ai dessiné le fils de la poule sans sa cage, sous le plein soleil, tel qu'on le voyait autrefois dans les basses-cours. Tu as dit : Non, je veux un poulet. Je trouvais mon oiseau plutôt ressemblant ; ce n'était ni une chouette, ni un colibri, ni une oie. Tu as répété un poulet. L'idée m'a effleurée de te dessiner un flic, mais je rate toujours les moustaches. Tu me regardais, l'air de dire de qui se moque-t-on. Alors, dans une sorte d'illumination, j'ai tracé le contour d'une assiette et j'y ai mis quelque chose de vaguement doré, avec des frites. Et tu as été content... Pour toi, un poulet est une assiettée de poulet, et tu ne fais pas le lien entre l'animal qu'on élève et celui qu'on mange. Tu es bien un enfant de la ville !

Afin de parfaire tes connaissances du règne animal, j'ai ouvert notre bestiaire. Les animaux y sont classés non pas selon leur habitat ou leur anatomie ou leur mode de reproduction, mais par couleurs. À la page des animaux jaunes, de beaux poussins jaunes et dodus picorent du maïs jaune entre les pattes jaunes de leur maman. Grise.

Maricourt, mai. Plaisir de retrouver cette maison, qui date de l'époque où j'avais « un mari, des enfants, un ménage ». C'est un lieu de beauté. Je consacre beaucoup d'énergie à la maintenir en état. Cette année, je ferai construire un escalier qui nous permettra de descendre au ruisseau sans nous agripper aux arbustes, je te vois déjà grimpant les marches au pas de course. Et il y a d'autres travaux à faire, ce qu'on nomme l'entretien, on en aura pour tout l'été. Une maison, quand on a fini de la bâtir, il est déjà temps de la réparer.

Montréal. Je t'ai raconté l'histoire de Poucet. C'est ta préférée. Je glisse toujours sur le passage de l'ogre ; pétaradant et ventru, boudiné dans ses braies, il lève le couteau au-dessus de ses filles aux dents pointues, et cette vision me glace. J'ai lu que les contes traditionnels, avec leurs monstres et leurs méchants, ont le mérite de donner une figure aux craintes diffuses des enfants... Dis-moi, Émile, te sens-tu plus équilibré après avoir entendu le Petit Poucet ? Ou le Chaperon rouge ? Monsieur Bettelheim, qui a longuement parlé de la fonction apaisante des contes dans un bouquin célèbre, oublie qu'ils étaient, à l'origine, des histoires pour tous, c'est-à-dire pour les adultes, ils viennent de la nuit des temps, une époque où la tradition orale régnait en maîtresse, et la tradition orale ne réserve pas une place particulière aux enfants, sauf dans le cas des comptines, il y a toujours des exceptions, me suis-tu ? j'utilise beaucoup de mots à propos d'un petit bonhomme gros comme le pouce et tu trouves peut-être que je ne suis pas simple. Mais, d'une part, je n'aime pas faire simple pour les enfants sous prétexte qu'ils sont des enfants et, d'autre part, il est rigoureusement impossible de parler, et a fortiori d'écrire, sans les mots. Et il faut bien appeler un chat un chat. Alors je te propose de faire comme dans les livres savants : dorénavant, certains mots de ce journal seront étoilés. Leur étoile te renvoie à un glossaire dans lequel tu peux déjà aller consulter les rubriques déblatérer*, chevreuil* et nuit des temps*. Ça te va comme ça ? Alors revenons à notre sujet. Je te confiais mon malaise, mes réserves, disons, à propos des contes populaires. Ils sont, par moments, abominables. Alors pourquoi te les raconter ? Parce qu'ils sont les meilleurs, malgré tout. Ils sont vachement efficaces et je t'assure qu'il est très, très difficile d'en inventer de nouveaux – je veux dire les inventer de toutes pièces sans puiser dans la tradition orale. Voilà pourquoi nous allons continuer, pendant quelques années encore, de fréquenter les ogres et les demi-dieux. La semaine prochaine, nous commencerons le cycle de Lancelot du Lac.

Les escarmouches recommencent au Liban, où la guerre était en veilleuse. On se bat dans cette région depuis la nuit des temps, avec des trêves plus ou moins longues, et à l'époque où j'étais une jeune femme comblée par la présence de ton père, ça s'est mis à barder dans un pays voisin, la Palestine, et la guerre s'est étendue au Liban, où des milliers de gens, chassés de Palestine, se sont réfugiés. Ils y vivent encore, entassés dans des sortes de réserves. Certains Palestiniens ont contre-attaqué l'assaillant, qui a riposté, et ça a foutu le bordel, bordel dans le sens de mort, misère et dépossession. Nous ne sommes pas impliqués dans ce conflit, pas directement, du moins je ne le crois pas. Quand je dis nous en parlant de guerre, je veux dire le Canada. Tu crois peut-être que nous sommes Québécois. Nous le sommes. Mais nos soldats sont canadiens. Notre argent est canadien. Nos passeports le sont également. De même que nos routes principales et une foule d'autres choses dont je t'épargne la liste, c'est gravé dans l'*Acte de l'Amérique du Nord britannique*, qui nous tient lieu de constitution. Eh oui, mon petit vieux, le Québec est enclavé dans le Canada. Autrefois, il y avait un certain prestige à présenter un passeport canadien, car ce gros pays était pacifique et beaucoup de ses soldats – nos soldats – portaient le casque bleu en signe de paix. Mais au fil des ans, le gros pays est devenu agressif et il n'y a plus aucune fierté à être un de ses ressortissants.

14 juin. Ta sœur est née. Entière et sans défaut apparent. Elle s'appellera Élise.

Au parc Lafond, on a joué avec des hispanophones. En français. Ils échappaient parfois un mot espagnol, par habitude, sans vouloir faire d'apartés. Ils étaient gentils. Après leur départ, j'ai passé une remarque sur leur maîtrise du français et tu as été en proie à une légère confusion : tu prenais conscience de l'existence de plusieurs langues. Tu m'as demandé si on parlait français, nous autres. La réponse est oui. Sans équivoque. Bien que certains en doutent.

J'ai consulté mes grimoires : nous-le-Canada sommes impliqués dans le conflit au Liban, d'une façon indirecte, souterraine et quasi occulte. Nous fournissons à l'assaillant de la Palestine des munitions de guerre.

Depuis quelque temps, tu fais des mots d'enfant : tu parles des rayures du soleil et des étoiles d'araignées... Le charme du mot d'enfant est éphémère ; on le savoure tout frais, comme un éclat de rire. Je ne vais donc pas les consigner ici.

Une chose, cependant : tu m'appelles Nana. Je ne sais pas d'où ça te vient. Fréquentez-vous des Français en cachette ? Salut, Nana ! dis-tu. « Grand-maman Francine » me semble ridicule et je ne m'y habitue pas, mais grande Nana, c'est chouette.

Cacouna. Je prépare la maison pour les locataires de cet été. Après avoir nettoyé, je suis allée porter les rebuts et les objets brisés au dépotoir municipal, qui est vis-à-vis d'ici, derrière la montagne. Alors que sur le flanc nord de cette montagne, c'est-à-dire de mon côté, la nature est généreuse, l'arrière du décor évoque un désert de fin du monde ; le vent y soulève une poussière sale et les mouettes jappent au-dessus des déchets que les bulldozers compactent et camouflent dans le ventre de la terre. Ces champs enfouisseurs appartenaient autrefois à ma famille. Mes oncles y menaient paître les vaches.

Parce que ma mère m'a légué ce paradou à sa mort, je me retrouve avec deux petits domaines à soigner et je dois courir d'une place à l'autre, pauvre de moi ! Pendant ce temps, dans les bidonvilles, des milliers de gens vivent empilés les uns sur les autres dans des cartons et des bouts de tôle cousus main. Quelqu'un a dû se tromper dans l'attribution des maisons.

Montréal, juillet. Nous avons de la visite des Uessa : ma cousine germaine et son fils Batman. La cousine dort chez moi, mais Batman est toujours chez toi, même la nuit. Il a neuf ans et il est ton héros.

Tu as eu une frayeur. Avec Batman et sa mère, on était au Centre des sciences quand une horde d'enfants tapageurs a envahi la place – des grands de sept ans et plus. J'ai vu la panique dans tes yeux. Nous sommes sortis de là en catastrophe. Dehors, il faisait froid, il ventait, il pleuvait et tout était moche. Nous nous sommes engouffrés dans un autobus amphibie, lequel, pour un prix exorbitant, nous a fait faire un tour ridiculement bref sur le fleuve, à croire que le conducteur avait peur que son drôle de véhicule coule. Il y a des jours, comme ça, où tout va à vau-l'eau, et si on insiste, les contretemps se multiplient.

Dans une campagne dont je ne peux pas dire le nom, même à toi qui gardes si bien les secrets, j'ai fait une promenade en canot avec mon ami qui ne s'appelle ni Hervé ni Jean-Guy Papineau et qui, en fait, est invisible. Nous l'appellerons donc l'homme invisible. Il a pêché deux truites.

À cause de cette escapade, je ne t'ai pas vu pendant plusieurs jours. Tous ces jours sans toi ! Ce journal est forcément parcellaire, je ne suis que ta grande Nana et je ne consigne ici que des bribes de toi.

Maricourt. L'escalier est terminé. Il offre une vue en plongée sur le ruisseau. Quand je n'ai pas le temps d'y descendre, je reste sur le palier, aménagé à mi-chemin, à l'ombre du pin. Le soir, à l'heure où tout est immobile, le soleil oblique dessine des taches dorées sur les arbres. J'écoute le frédéric chanter. Parfois, tout proche, un pic se met à creuser le bois.

On nous apprend à la radio – ou on nous rappelle – l'existence de mines de charbon illégales en Chine. Des travailleurs y sont morts et leurs familles ne seront pas dédommagées, ce qui veut dire qu'elles ne recevront pas d'argent pour les enterrer et leur survivre.

Montréal, août. Vous n'allez pas en Espagne cette année, Élise étant trop petite pour faire le voyage. L'Espagne vient donc à vous. Les demi-frères et fausses sœurs de ton père se présentent à tour de rôle pour contempler l'enfant nouveau-née. Nous étions tous ensemble dans la cour, pour le souper, quand tu m'as ordonné de monter chez moi. Ordonné ! Ça m'a blessée et je n'ai pas pu le cacher. Ton père m'a regardée, l'air de dire : « Voyons, maman, faut pas t'offusquer, Émile a même pas trois ans ! » Je sais. Je sais que les gens de ton âge traversent une période d'affirmation de soi et de revendication territoriale. Mais ce savoir, tout intellectuel, ne m'empêche pas de vous trouver chiants. Je suis montée bouder dans ma chambre.

Mais je m'ennuie déjà de toi.

Maricourt. L'escalier passe à côté du terrier de la marmotte. Comme le menuisier l'a construit lentement, elle s'est habituée à nous. En fait, elle nous connaissait bien avant que nous ne soupçonnions son existence.

On peut la voir, depuis le palier, le nez et les pattes avant hors de son trou. J'espère qu'elle sera dans un jour de civilités quand tu viendras.

Ça meurt et ça se blesse en Afghanistan. De notre côté aussi, nous dit la radio, deux de nos journalistes en mission là-bas ont été blessés. Du coup, les bulletins de nouvelles prennent un ton plus dramatique.

LA CARTE DU MONDE

Montréal, 30 août. Nous avons fait l'inventaire des cadeaux que tu as reçus pour tes trois ans, puis tu as voulu venir chez moi et nous avons repris nos jeux habituels, à même le grand tapis carmin, qui est notre carte du monde. Les zones vertes représentent la terre ferme et les îles, et les lignes noires, les quais pour y accéder. Tout le reste, le rouge, est l'océan.

La plupart de tes jouets d'ici sont contenus dans une maison de poupées – un jour, ton père l'a montée et je ne vous l'ai jamais rétrocédée. Tu joues rarement avec l'intérieur de cette maison, sinon pour y faire tomber des objets par la cheminée, et les meubles ne te disent rien ; seuls les personnages t'intéressent – une famille monoparentale passablement maganée –, ils sont invariablement les otages de ton ptérodactyle qui fonce sur eux à l'improviste et les emporte dans les airs. Tu les emprisonnes ensuite dans des enclos tracés avec des blocs et des dominos.

Quelquefois, les dominos nous servent à jouer aux dominos.

Maricourt, septembre. Pendant que ton père travaillait à sa thèse et que ta mère nourrissait ta sœur, nous sommes descendus au ruisseau, toi et moi. La marmotte ne s'est pas montrée. Tu étais déçu. Je t'ai dit : Ce ruisseau regorge d'écrevisses, on n'a qu'à soulever les roches pour les débusquer. J'ai soulevé une roche plate et, coup de pot, il y en avait une. Énorme. Avec deux pinces. Un homard, as-tu dit, épaté. Ce sont des exploits de ce genre qui assoient le prestige de l'adulte.

C'est la fin de la saison, mais personne n'est mélancolique, sauf ta mère peut-être, la mélancolie est fréquente chez les endeuillés. Toi, tu es excité par la rentrée : tu es admis à la garderie des grands, logée dans la célèbre école Relaxe, que tes parents ont fréquentée quand ils avaient ton âge. C'est cool, dis-tu.

Moi aussi, je suis contente que les vacances soient finies : les choses et les gens reprennent leur place et Céline est revenue de son bord de mer. Elle a la mauvaise habitude de passer ses étés sur la côte uessienne, loin d'ici dans le sud.

Demain, nous retournerons au ruisseau.

Ben Laden a fait parvenir un autre message à l'Occident impie. C'est le huitième depuis l'effondrement des tours… Trois ans avant ta naissance, les Uessa se sont fait prendre leurs tours, comme au jeu d'échecs, mais avec des morts et des blessés. Ben Laden a revendiqué ce coup. Depuis, sa tête est mise à prix. Mais Ben joue à la cachette quelque part dans le vaste Moyen-Orient, sur un territoire qu'il connaît comme le fond de sa poche, et il reste introuvable. De temps en temps, il envoie un message aux Uessa pour les narguer, les sermonner et les menacer.

Ne te force pas pour retenir son nom, ça viendra tout seul ; tu n'as pas fini d'entendre parler de lui, il est considéré comme l'ennemi public numéro un de l'Occident. Le Québec est en Occident. L'Espagne aussi.

Montréal, octobre. Tu m'as demandé une histoire de l'enfance de ton père. Je t'ai raconté quelques anecdotes puis, à court de souvenirs, je suis passée au conte du Petit Soldat de plomb, un récit sans ogres, mais avec péripéties. Ça t'a plu. Après, nous avons fait de la gouache et, sous prétexte de nettoyer les pinceaux, tu t'es attardé au lavabo, les mains sous le robinet grand ouvert, dans les effluves du chlore, qui est l'odeur de la sécurité nord-américaine. Des cataractes coulaient comme par magie, tu ne sais rien des chemins que l'eau emprunte pour se rendre dans nos maisons, moi, ça me fascine depuis que j'ai vu les vestiges des aqueducs romains et je laissais filer mes pensées avec l'eau, je suivais le périple du petit soldat tombé dans le caniveau et je ne t'ai pas dit de fermer le robinet pour sauver la planète, une tiède Laure Waridel sommeille en moi.

Vous autres, enfants, aimez jouer avec l'eau et le sable et les autres éléments, monsieur Bachelard* en a parlé dans ses livres, vous aimez les activités improductives, c'est ce qui vous forge l'âme.

Plus tard, je t'apprendrai les plaisirs austères de l'économie. Je t'apprendrai à rêver dans un verre d'eau. Pas maintenant.

Cacouna, octobre. Je suis venue fermer la maison. Les locataires n'ont rien brisé et ils ont planté des lupins dans la cour, au nord du pommier.

Montréal. J'ai endormi ta sœur. Petit corps chaud et confiant.

novembre. À l'aéroport de Vancouver, des policiers ont tiré sur un Polonais venu rejoindre sa mère ou la visiter, je ne sais pas. L'homme ne parle pas un mot d'anglais ni de français, il ne parle que le polonais. Après 24 heures d'attente et d'incommunication, il était devenu nerveux et s'en est pris aux objets, il a bardassé un ordinateur, on l'a vu à la télé. La police a tiré quatre coups de Taser sur lui. Il est mort.

Le Canada sait recevoir.

J'ai rapporté de Maricourt les lettres de feutrine que j'avais fabriquées pour ton père quand il avait ton âge. C'est avec ces lettres, et quelques cahiers, que je lui ai appris à lire. Comme je savais qu'il allait fréquenter l'école Relaxe, dont le programme est ultra souple, j'ai pris cette liberté. Je ne lui ai pas demandé son avis, remarque, mais je n'ai jamais senti que ça lui pesait. On a pris notre temps et, à son arrivée à l'école, il savait lire, ils lui ont donc enseigné autre chose, je te jure, ça s'est passé comme ça. Les lettres dormaient dans une boîte à Maricourt. Elles sentaient l'humidité mais n'avaient pas perdu leurs couleurs ; les voyelles sont rouges et les consonnes, bleues. Je les ai défroissées pour commencer ton initiation, mais sur l'entrefaite, j'en ai parlé à Céline. Elle m'a écoutée vanter l'apprentissage précoce de la lecture, puis elle n'a eu qu'un commentaire, bref, et une question assassine : T'as pas peur qu'il s'ennuie à l'école ?

Il est rare qu'on s'ennuie à l'école Relaxe. Mais tout est possible. J'ai même connu un garçon qui y a été malheureux... J'ai remis les lettres dans leur boîte. Mon petit vieux, tu l'as échappé belle !

Hier, je suis allée au parc Émilie-Gamelin. Tu connais cette place, c'est là que se tient l'été l'événement Présence amérindienne. À l'approche de l'hiver, on y installe des tentes évoquant un campement de guerre. À l'intérieur, il y a de la nourriture, des médicaments et des spectacles pour les itinérants*. Je suis entrée dans une tente où il y avait une grande table et des gens assis autour. Au centre de la table, des pinceaux, des plumes, des couleurs, tout ce qu'il faut pour dessiner. Et les gens dessinaient. De temps en temps, un homme – ou une femme – passait sa feuille à l'autre, qui continuait le dessin. On entendait une musique en sourdine, l'atmosphère était paisible et il faisait bon. Dehors, il gelait à pierre fendre. Il y avait aussi un chien dans la tente, un chiot, couché sur les genoux d'une jeune fille. J'ai demandé à la jeune fille si je pouvais le caresser. Elle voulait bien. J'ai caressé le chien. La jeune fille a dit Veux-tu voir mon rat ? J'ai dit oui. Comment dire non ? Elle a extirpé un gros rat gris des entrailles de son gilet kangourou. J'ai caressé le rat. Et je suis sortie de la tente.

décembre. Je ne te vois pas depuis quelques jours parce que je cours les spectacles avec Céline. D'abord un film de monsieur Arcand, que nous avons beaucoup aimé, puis le cirque. Céline adore le cirque. Elle est jeune de caractère. Plus jeune que moi. Un jour, quand Élise aura cessé de faire le nourrisson, je vous amènerai au cirque. Pour le moment, elle apprend à décoder les mimiques de ses proches et à mettre un sens sur les sons qui sortent de leur bouche. Et elle fortifie les muscles de ses jambes. Elle a du pain sur la planche.

Quand nous jouons avec notre ménagerie et que tu traces sur le tapis des clôtures et des routes fluviales à coups de dominos, je pense toujours au grand-père Aimé. Les dominos sont à lui, je les lui ai chipés lors du partage de nos biens. Il a été mon amoureux après l'époque du grand-père espagnol et avant celle de la solitude. C'est avec lui que j'ai rêvé et fait bâtir la maison de Maricourt. Chaque année, au temps des fêtes, il vient avec la tante Mélissa t'apporter des cadeaux, cette année, il y en aura aussi pour Élise. Mélissa est la fille d'Aimé, donc la sœur de ton père par voie de cohabitation juvénile, c'est-à-dire sans lien de parenté stricto sensu, et ils se sont toujours fichus du stricto sensu.

Si un jour tu hérites des dominos, tu sauras qu'ils viennent de ce grand-père et tu penseras peut-être à lui, toi aussi, de temps en temps.

janvier 2008. Ton père t'a construit un fort de neige dans la cour, avec un tunnel et des glissades. Je vous regarde jouer par la fenêtre de mon bureau. Tu as l'air heureux.

février. Je me fais rare, ces jours-ci, parce que je suis hors d'usage. Ce sont des choses qui arrivent aux gens de mon âge.

Le Kosovo a obtenu son indépendance. Ce nouveau pays est situé au nord-ouest de l'Afghanistan. Si tu pars de la capitale afghane avec un bon guide et suffisamment de provisions et un fusil et si, en passant par les cols des montagnes, vous marchez très, très longtemps, vous arriverez dans l'État libre du Kosovo. Cette région était jusqu'à maintenant une simple province d'un pays qui a implosé avec plusieurs autres à la suite du démembrement d'un empire.

Certains sont tentés de comparer le sort du Kosovo à celui du Québec. D'autres disent que cette comparaison ne tient pas la route.

mars. Je suis allée dans une « base de plein air » avec Batman et sa maman, venus s'initier aux sports d'hiver. Pour eux qui vivent dans la ville de Detroit où il neige beaucoup moins qu'ici, le patin et la traîne sauvage sont exotiques. Batman regrettait que tu ne sois pas avec nous. Moi aussi. Émile aurait aimé ça, m'a dit ton père à notre retour. En fait, je n'ai pas osé te réclamer pour ne pas t'enlever à tes parents et à ta sœur, et de peur de ne pas pouvoir te suivre dans tes jeux du matin jusqu'au soir.

Céline a organisé un pow-wow pour ses amis et relations. J'ai demandé à l'homme invisible de m'y accompagner. Il a refusé. J'y suis allée seule et j'ai rencontré *foule* monde vachement sympa.

C'était strictement pour adultes, sinon, c'est toi que j'aurais choisi comme cavalier.

Il neige de nouveau et de nouveau je suis hors d'usage.

Les papillons du Jardin botanique viennent d'éclore ; des centaines de morphos en vol libre dans les serres. Les humains se précipitent pour les observer, les papas les prennent en photo et les enfants les admirent, bouche bée. Hier, nous étions dans la file, toi et moi, dans la bienveillante humidité des serres, où je me sens revivre. Tu y sembles à l'aise, toi aussi, c'est bon pour ton asthme. Tu es sensible aux fleurs et tu commences à construire des phrases complexes. J'ai parfois l'impression de voir les structures de la pensée se former dans ton cerveau, et c'est plus palpitant encore que l'éclosion des papillons.

Après le Jardin botanique, nous sommes allés au café Miel, où ton père a l'habitude de se tenir pour écrire sa thèse. Tu as pris une crème glacée à la vanille et moi, au chocolat. Nous mangeons toujours la même chose et toujours je me dis que tu perds une occasion de goûter à la crème glacée au chocolat. Mais je n'essaie pas de te convaincre des vertus du chocolat. Toi, en ton for intérieur, tu te demandes peut-être pourquoi je choisis le chocolat alors que la vanille existe. Nous n'abordons jamais la question des goûts et des saveurs, pas de prosélytisme entre nous, rien de forcé ; notre relation est faite pour durer.

Le printemps s'en vient, on l'espère, on le sent aux jours qui allongent.

Maricourt. On dit que les glaciers fondent de plus en plus vite parce que le climat se réchauffe, mais ici, ça ne paraît pas. Il a encore neigé par-dessus les crevasses annonciatrices d'espoir et tout est blanc terne. Sinistre. Avec ton père, tu vas sans doute faire ton trente-sixième bonhomme de l'hiver.

Montréal. Bonne nouvelle. Le Canada envoie de l'argent pour aider et « stabiliser » le Darfour, une région du continent mère où sévissent la famine et la guerre civile.

On peut se demander quel pourcentage de son PIB un pays dit développé doit donner aux pays pauvres pour que ses ressortissants aient bonne conscience. Ceci est un sérieux problème. Qui te concerne. Pas maintenant, mais bientôt. Dans quelques années. Les problèmes se conservent. Et t'attendent au détour.

Mauvaise nouvelle. Après un match de hockey de la ligue junior, un garçon a sauté à la face d'un adversaire et l'a blessé gravement. Le père de l'assaillant a appuyé le geste de son fils, il l'a même justifié et défendu. De toute évidence, cet homme ne sait pas que les joutes sportives ont pour fonction de canaliser la violence des jeunes mâles et n'a jamais réfléchi au rôle des activités symboliques. Il ne faut pas trop attendre des adultes, tu verras. Par exemple, tu connais le nom des joueurs de l'équipe favorite de tes parents, mais ces noms ne me disent rien et j'ai longtemps pensé que le défenseur Koivu s'appelait en fait Corriveau et que les gens prononçaient mal son nom, que veux-tu, on a les références qu'on peut. Chaque adulte est spécialisé dans deux ou trois domaines, à toi de découvrir ses points forts et d'en tirer profit.

avril. Tu es venu me voir tout seul ! Tu as grimpé l'escalier en colimaçon et m'as appelée sur le seuil de la porte.

Le ptéro vole au-dessus de mes terres, à la recherche de proies, tu fais le bruit de ses ailes avec ta bouche, ça me semble plutôt le ronronnement d'un séchoir à cheveux, tu m'enlèves un diplodocus et le ranges dans ton enclos avec tes autres prises. Les dominos glissent sur le carmin du tapis. Nous sommes heureux.

Maricourt, mai. Vous venez de partir, ton père et toi. Il a trié ses souvenirs et emporté ceux qu'il garde. Je continue de vider la maison.

Le soleil est tellement beau, ici ! C'est le même qu'à Montréal, mais on le voit tellement plus.

Montréal. Cet après-midi, bien avant que tu sois rentré de la garderie, j'ai entendu des petits pas en bas, chez toi, des pas légers, hésitants, irréguliers ; c'était ta sœur qui fait ses débuts dans le monde des nomades. J'ai aussitôt imaginé ses pieds à son bal de graduation, ses premiers pas dans la parade des corps…

Je n'ai jamais pensé à toi dans la même circonstance. Est-ce un relent de sexisme ? Peut-être. N'ayons pas peur des étiquettes : je suis une féministe sexiste.

Vingt-deuxième message de Ben Laden. Qui court toujours. Comme le Road Runner. Aussi imprenable. Quand on est sur le point de l'oublier, il envoie un coucou disant Vous ne m'aurez pas, je suis le plus fort, car Allah est dans mon équipe.

J'ai fait une fête de deuil pour la maison de Maricourt, que je quitte. Tu as collé ton oreille contre les flûtes de champagne pour écouter le chant des bulles puis, assis sur les genoux de Céline et encouragé par elle, tu as commencé l'écriture d'un livre.

Maricourt, juin. C'est terminé. Cette maison ne m'appartient plus. J'ai mis dans un camion ce qu'il restait des meubles, et demain, je remettrai les clés aux nouveaux propriétaires.

Quand tu es venu ici avec ton père, le mois dernier, c'était un pèlerinage d'adieu. Vous êtes descendus au ruisseau et vous avez fait le tour de l'étang pour la dernière fois. Il m'a semblé que tu ressentais une vague inquiétude. Qu'est-ce que ces paysages qui s'éloignent, sitôt entrés dans ta vie ? Est-ce normal ?

Je ne sais pas où est la normalité.

Tu auras un petit regret de Maricourt, puis tu oublieras. Je l'espère. Mais pour une grande Nana de mon type, deux campagnes, c'était trop. Nous allons nous concentrer sur Cacouna.

Cacouna. Après l'hiver de neige, nous avons un été de pluie. Tout est gris et humide.

juillet. J'ai eu la visite de l'homme invisible. Je lui ai montré la photo de toi que j'ai prise à Pâques lorsqu'on a teint les œufs en diluant les couleurs dans un grand chaudron fumant. Tu portes un linge à vaisselle en guise de tablier et tu t'es coiffé d'une passoire. Je te trouve adorable. L'homme invisible n'a pas dit C'est un beau petit bonhomme. Il n'a fait aucun commentaire. Il ne sait pas vivre, si tu veux mon avis.

LES ANIMALS

29 août, soir. C'était ton quatrième anniversaire aujourd'hui. Tu prends racine dans le temps. Et moi, je me promène dans ton enfance comme dans un jardin naissant; sur la pointe des pieds. Bien que nous soyons voisins et même parents, nous ne sommes pas tout à fait de la même époque, je suis déjà d'un autre âge et tu n'es pas encore dans le tien. Mais il y a chevauchement de nos deux temporalités, et tu ne peux pas savoir à quel point cette coïncidence me réjouit. Dire que j'aurais pu ne pas te connaître, si j'étais déjà morte!

septembre. Ta mère me dit que tu voulais venir jouer avec moi, hier, mais il n'y avait que le chat chez moi et tu as été déçu. J'étais à la sauterie annuelle de madame la baronne. Je ne crois pas que tu aimerais ce genre de réunion. D'ailleurs, on n'y voit jamais d'enfants. Je m'y suis ennuyée. Je suis une piètre sauteuse.

Notre voisine d'en face est désopilante. Elle crie à son père, qui a grondé sa fillette: «Je suis assez grande pour la chicaner moi-même! Pas besoin d'être deux!» Elle a raison. Trop de marmitons gâtent la sauce. Toute la rue a entendu ses récriminations, toi aussi forcément, tu étais dans ton lit à espérer le sommeil. Les protagonistes s'installent toujours sur le trottoir devant chez eux pour se hurler leurs quatre vérités, c'est-à-dire que madame hurle tandis que le père attend que l'orage passe.

Je ne connais pas les recoins de ta vie privée, mais il est possible que ces gens soient les premiers pauvres que tu croises dans la « vraie vie ». Ils sont presque aussi démunis que les parents du Petit Poucet. Contrairement au chevalier, le pauvre* existe encore de nos jours.

octobre. Nous passons devant le café Miel. Tu jettes un coup d'œil à l'intérieur et me dis fièrement C'est là que papa travaille. Oui, les cafés sont devenus des salles d'études.

Tu as dessiné avec des fusains. La texture te plaît, mais tu trouves que ça manque de couleur. Puis nous avons regardé des reproductions du grand Léonard.

Mes parents sont pas drôles, m'as-tu confié. Comment ça ? ai-je demandé. Toi, après une légère hésitation : Ils sont pas gentils. Tu avais ton air de sagouin et je me suis mise à rire. C'est que je les connais, tes parents, et je les ai déjà entendus te dire, pour que tu quittes un comportement répréhensible : « Là, Émile, t'es pas drôle ! »

Je compatis à tes déboires. Mais attendons quelques jours avant de les dénoncer à la DPJ.

novembre. Nos voisins, les Uessiens, ont élu comme président un homme noir. C'est bon, ça. Très bon. Les Noirs de ta connaissance – la doyenne de ta garderie et le cousin Batman – sont prestigieux à tes yeux. Mais pour beaucoup de gens, avoir la peau foncée est un handicap. Un peu comme être pauvre. Pour plus d'information au sujet des Noirs, regarde dans Google sous les rubriques « racisme » et « ségrégation », tu y trouveras de belles pages d'horreurs quotidiennes et historiques. Quant à monsieur Obama – c'est le nom de ce premier président noir des Uessa –, le fait de l'avoir choisi est une avancée de la civilisation, cet homme fût-il une crapule. Et je ne crois pas qu'il en soit une, crapule – ce mot n'a pas de masculin. Une chose est sûre, il est très intelligent... On m'objectera que l'intelligence ne suffit pas pour changer le monde. Les bonnes intentions non plus. Mais on peut toujours rêver.

J'ai participé à la grande foire des âmes. C'est un concours de beauté *intérieure*. Vous êtes venus m'y voir, tes parents, ta sœur et toi. Je vous ai pris dans mes bras, vous, les petits, devant tout le monde, et ça crevait les yeux que je suis une grande Nana comblée. En plus, l'homme invisible campait à un kiosque voisin – lui aussi exhibe son âme, à l'occasion, sous un nom d'emprunt, évidemment –, il était là incognito, mais moi je savais qu'il y était et que son gros cœur de buffle battait dans sa poitrine velue, pas loin de moi. D'une certaine façon, ceux que j'aime étaient réunis et ça ressemblait au bonheur.

décembre. Entendu à la radio : Amir Khadir a été élu dans Mercier. Ces quelques mots, sans doute énigmatiques pour toi, chatouillent agréablement l'oreille. Est-ce de la poésie persane, demanderas-tu, et qui est Mercier ? Est-ce réel ou inventé ? Réel. Je t'expliquerai de vive voix.

nuit. Je reviens du chalet de l'homme invisible. Nous étions à l'abri de la tempête, bien au chaud, dans le romantisme des feux de foyer. J'entends Élise pleurer et les pas de ta mère qui accourt à son chevet. Je regarde dehors. À la lueur de la pleine lune, je vois vos traces bleutées dans la neige : vous avez joué à l'ange pendant mon absence.

Nous avons une arrière-cour de style *American happiness.*

On travaillait ensemble à mon bureau. Tu as dit dessine-moi un cheval. Je suis nulle dans les chevaux, à cause de leurs pattes qui galopent et s'entortillent toujours sous ma plume. J'ai dessiné un centaure en pensant à ceux de Folon. Tu as émis des doutes à propos de l'existence d'une telle créature – tu fais une distinction entre exister « pour de vrai » et exister dans les histoires. J'ai cherché le bouquin sur Folon et nous l'avons regardé. Longtemps. Tu étais sur le cul – façon de parler –, tu étais fasciné, baba, esbaudi.

janvier 2009. Depuis un mois, je n'ai rien écrit dans ce journal et les événements se mêlent dans ma tête fatiguée. Voici ceux dont je me souviens.

Fin décembre, une ville palestinienne a été bombardée par l'État hébreu.

La veille de Noël, tu as eu une crise d'asthme et vous êtes allés à l'urgence. Quand tu as tes crises, je pense toujours à cette ancienne étudiante dont l'enfant était asthmatique. C'est par ce qu'elle m'a raconté de cette maladie que j'imagine le stress de tes parents.

À Noël, vous êtes venus manger l'oie avec votre visite d'Espagne, l'oncle Juan et son copain, *el Ruso.* Celui-ci a repris une portion de tout et je l'ai trouvé sympa. Élise commence à parler ; quand vous êtes partis, elle gazouillait encore dans l'escalier, c'est le dernier son que j'ai entendu de vous ce soir-là. Sa petite voix balbutiante.

Le lendemain, nous avons joué aux animaux, toi et moi. Je menais mon troupeau boire à une rivière qui coule sur ton bout de tapis, nous étions assoiffés, mais tu as refusé de nous laisser passer. Tu as érigé une barricade, ton ptéro a foncé sur mon bétail et je me suis écriée : « Sus à l'ennemi ! C'est Jean sans Terre qui m'attaque ! » Tu as compris *suce* et j'ai ri de ta méprise sans que tu comprennes pourquoi. Courage ! tu ne seras pas toujours victime de la pauvreté lexicale inhérente à ton âge… De toute façon, j'ai pas ri tant que ça, juste un petit rire bref, je n'avais pas le cœur au jeu parce que je venais d'avoir une discussion avec l'homme invisible, qui a tenu à faire une mise au point : il ne m'aime pas. Tu t'en doutais, non ? Lui et moi, on ne partage rien. On n'a rien en commun, ni projet, ni enfants, ni même un animal, ses animaux de campagne, il se les garde pour lui et il ne veut rien savoir de mon chat. C'est mal barré, hein ?

Maintenant, c'est-à-dire au moment où j'écris ces lignes, vous venez de partir. Nous avons mangé la galette des Rois, qui recèle la fève magique ayant le pouvoir de faire les royautés d'un soir. La veille, je t'avais raconté le périple des Mages, le nez toujours levé vers le ciel, à suivre une étoile baladeuse, probablement la comète de Halley. J'avais en tête la belle version que monsieur Tournier a écrite de cette histoire, mais c'est un livre pour les grands, alors je ne t'en ai pas parlé.

J'ai été retenue au téléphone – Céline en avait long à me raconter. Pendant ce temps-là, tu fricotais quelque chose dans mon bureau. Quand j'ai raccroché, j'ai constaté que tu écris. C'est-à-dire que tu dessines des lettres en copiant des modèles. Tu avais écrit, ou dessiné, *L'art de conjuguer* – le Bescherelle était à ta portée – et ensuite, sans distinguer les majuscules des minuscules, tu as écrit : diderot, vian, maryse, surveiller… de *Surveiller et punir*. Puis tu as décidé que c'était suffisant pour faire un livre et nous avons agrafé les feuilles.

En revenant de la bibliothèque, nous avons joué dans la neige jusqu'à t'épuiser, enfin, j'ai voulu t'épuiser, mais c'est moi qui ai demandé grâce. Quand nous sommes entrés chez moi, la radio parlait toute seule, gaspillant de l'énergie et emmerdant le chat. Je l'ai fermée au moment où elle disait: « [...] l'ONU appelle à un cessez-le-feu immédiat. Depuis le début de l'offensive israélienne, le bilan s'élève à 1315 Palestiniens et 13 Israéliens tués [...] » J'aurais pu continuer la phrase, je connais les bulletins de nouvelles par cœur. C'est l'interminable guerre en Palestine, là même où les Rois Mages se sont arrêtés, et je me suis dit encore une fois que nous sommes mal informés, pas à propos des comètes, mais des événements d'ici-bas. Que sait-on vraiment des guerres, massacres, famines, emmurements, exclusions et autres calamités et – questions ancillaires – que faire de ces informations? Comment les classer pour qu'elles restent vives dans notre mémoire et ne s'éclipsent pas les unes les autres? Voilà à quoi je pensais en te libérant de ton habit de neige. Tu avais les joues roses du jeu et du froid et j'ai gardé ma perplexité pour moi. Et puis, nous avions de bons livres. Mais tu as préféré jouer aux billes.

Les billes s'entrechoquaient sur le tapis en faisant un petit bruit sec bien agréable.

Le bruit de la paix.

Hier, à la manif pour la Palestine, j'ai rencontré mon vieux copain, le menuisier distrait. Il était avec sa femme et leur petit prince, un mec de ton âge qui a fait tout le parcours dans une poussette trop étroite pour lui, il débordait de partout, c'est un petit gros que ses parents traînent partout, quelle que soit la température, je me demande ce qu'il a pu retirer de cette marche, à part une vision saisissante des derrières des adultes, toi, tu n'as aucune expérience des manifs, ta sœur encore moins, et hier, j'aimais autant vous savoir au chaud, mais j'ai pensé à vous pendant le trajet – souvent, quand vous n'y êtes pas et que je vois un enfant, je vous imagine avec moi, c'est l'amour qui fait ça –, je me demandais comment vous exposer les raisons de la manif, et à la fin du parcours, je n'avais toujours pas trouvé, peut-être parce que la question de la Palestine est complexe et plus embrouillée encore que les cheveux d'Élise emmêlés autour d'un élastique et que toute explication de moins de huit cents pages fouillées, nuancées, bien réfléchies et lourdement documentées sera toujours insatisfaisante et grossière. Mais dans le feu de l'action, nous ne doutions pas de nos convictions, le menuisier, sa femme et moi, et les slogans de la foule montaient dans l'air froid, clairs et simples.

Je t'ai conté l'histoire du Petit Soldat de plomb. C'est un des récits colligés par monsieur Andersen et par les frères Grimm, lesquels ont parcouru les campagnes d'Europe centrale pour débusquer la tradition orale dans les chaumières où elle somnolait, bien au chaud, au coin du feu.

Le petit soldat vit avec une ballerine de porcelaine sur le manteau de la cheminée d'une maison cossue. Il est amoureux d'elle. Plusieurs personnages de ces contes sont en porcelaine et servent d'ornements, ce qui doit être ennuyant à la longue. Le petit soldat est unijambiste – les frères Grimm disent qu'on aurait manqué de plomb en le fabriquant, mais ça me semble louche.

Nous avons eu la visite de la tante Mélissa et de son papa, le grand-père des dominos. Mélissa a donné à ta sœur un adorable chien qu'on tire au bout d'une corde. Elle-même est maintenant accompagnée d'un chien fou qui porte le nom d'un personnage de roman anglais. Elle est chirurgienne et vit en exil au Canada.

Tu me dis Licorne, c'est comme Nicole. J'écris les deux mots et te demande d'encercler les lettres identiques.

C'est l'heure du goûter. J'ai préparé du thé à la menthe. Tu ne bois pas le tien – je comprends, vu ton âge –, mais tu grignotes des biscuits en cherchant d'autres paronymes : menthe et mangue, – même jeu, comme on dit dans les manuscrits de théâtre – puis chicane et banane, mouille et gidouille, même jeu.

J'adore quand tu es inventif. Mais j'aime moins quand tu fais preuve d'étroitesse d'esprit. Par exemple, tu m'assures qu'il faut dire frigo plutôt que frigidaire. L'un et l'autre se dit ou se disent, eh, patate ! c'est le même mot, en long ou en raccourci.

En passant, je n'aime pas non plus quand tu commences tes phrases par « avoue que », tu abuses de cette tournure et lui enlèves sa force. Il faut savoir ménager ses effets.

Et moi, je n'avoue rien du tout.

Le soir, quand tu dors, ton papa te fait un dessin, que tu trouves le matin à ton réveil. Ce sont des dessins à colorier.

J'aurais aimé avoir un papa de ce type.

février. Je me suis ennuyée de vous. J'étais à Cuernavaca, Mexique, chez mon ami Tío, qui vit avec sa famille dans un immense jardin où fleurit le bougainvillier, dix personnes en tout, ils sont ma tribu mexicaine. Un jour, tu n'étais pas né, ils sont venus ici et ils ont tous habité chez moi. Vous ferez peut-être leur connaissance, Élise et toi, car ils raffolent du Québec et rêvent de revenir pour aller en forêt à la rencontre d'animaux prodigieusement gris et bruns comme le lièvre et le caribou. Jusqu'à maintenant, ils n'ont vu que l'écureuil montréalais.

Tío m'a donné pour toi la bête merveilleuse du Chiapas, imaginée, dessinée et cousue par des autochtones. Il ne savait pas que tu as maintenant une sœur. C'est pour ça qu'il a acheté un seul toutou. La bête sera donc à vous deux, je vais vous suggérer une garde partagée.

Les employés du *Journal de Montréal* sont en grève depuis un mois et ils font du piquetage devant l'édifice de la rue Frontenac. En passant, je leur décoche un coup de klaxon amical. Tu n'as jamais entendu mon klaxon ; je réserve cet engin bruyant pour les grandes occasions et les choses importantes. Les cas d'extrême urgence.

Nous dessinons. Sous la table, un miroir est appuyé contre le mur. Il est de forme ovale, donc instable, et il tombe dès qu'on respire un peu fort. C'est agaçant et ça déconcentre. Tu poses ton crayon et cours chercher deux gros livres pour l'assujettir. Puis tu reprends ton crayon, satisfait.

J'aime ton sens pratique.

Nous avons remis ça à propos du Petit Soldat de plomb. Jeté à la rue par un enfant capricieux, il tombe dans le caniveau et, après une odyssée sur l'eau, puis dans l'eau, puis dans le ventre d'un poisson, il se retrouve dans la maison bourgeoise où son amoureuse n'a pas cessé de pivoter sur ses pointes. Tout ce chemin pour réintégrer le moelleux d'un foyer ! Ce conte présente la mouvance comme une calamité. Pourtant rien n'est stable, disent les bouddhistes, Démocrite aussi, et ils ne sont pas les seuls à le dire, il paraît que les continents dérivent, ta sœur et toi bougez selon les déplacements de vos parents, de la campagne à la ville et d'une ville à l'autre, mais si on vous en donnait le choix, je ne crois pas que vous seriez nomades. L'enfant est casanier, il veut des certitudes.

nuit. Toute la ville est illuminée par un rituel pour conjurer la noirceur de l'hiver, l'événement Nuit blanche. Les rues sont remuantes de jeunes adultes apprêtés comme pour un bal ou une messe de minuit. Ils sont beaux. On danse des sets carrés dans le hall de l'hôtel de ville et dans le métro, des étudiants de l'école de cirque pratiquent leurs numéros ; un garçon marche si aisément qu'il semble glisser, il porte une boule de cristal en équilibre sur son crâne rasé, parfois, il la fait descendre dans son cou, puis remonter. Il est torse nu.

Quand tu seras adolescent, tu feras la bombe les vendredis soir et c'est toi qui me raconteras la ville la nuit.

mars. Tu voulais savoir où j'étais passée, tu t'étais ennuyé de moi et me serrais très fort dans tes bras. J'étais à la campagne avec l'homme invisible. Il a beaucoup neigé là-bas. Il y avait une pleine lune au-dessus du lac gelé et des halos mauves autour de la lune. On s'est couchés sur le lac et on l'a regardée longtemps, longtemps.

J'ai vu un spectacle dans lequel il était question de l'ours brun, terrible et séduisant dans son pelage, de la vieille Gaspésie et de l'âme des montagnes. À la fin, le soleil se levait sur le mont Royal et c'était presque aussi beau que madame Fortin chantant *Nataq;* notre terre était redevenue sacrée.

Ton père a déposé sa thèse. Il connaît la jubilation du texte fini.

avril. Fièvre du printemps : tu as sorti ton vélo et ce matin, tu as essayé ma trottinette, qui se morfondait dans le garage depuis des lustres. Elle est un peu lourde pour toi. Il faut dire que je l'ai eue alors que j'étais encore costaude, c'était un cadeau de ton papa. Je te l'ai donnée. Je m'allège en vue de mon déménagement proche d'ici, à quelques lieues seulement. Dans le même esprit de dénuement, j'ai mis le miroir ovale à la rue pour que l'oiseau tchoum-tchoum, qui mange les meubles, le fasse disparaître.

Tu n'aimes pas l'idée que je m'éloigne de chez toi. Ne t'en fais pas, nous nous verrons autant. Enfin, presque. Je le veux. Et là-bas, je remettrai les choses dans le même ordonnancement, le tapis mappemonde, les plantes – qui sont ta forêt de Sherwood –, les gros cailloux et la maison de poupées.

J'ai fait du vélo avec Céline à l'île aux Hérons. Au retour, nous avons éclusé un verre de blanc sur le balcon. Elle accepte rarement d'écluser chez moi. Elle aurait aimé vous voir, mais vous n'étiez pas là.

La grève des professeurs de l'UQAM est finie. Ils sont rentrés au bercail à genoux, n'ayant pas obtenu grand-chose. Un jeune prof à qui je demandais la raison de ce repli m'a répondu qu'ils n'avaient pas le choix : ils risquaient une loi spéciale. Eh oui ! Faire la grève est risqué.

Ça me tient à cœur, tu sais, j'aime cette boîte, l'UQAM, c'est là que j'ai fait mon blé, façon de parler qui veut dire faire des sous, c'est là que je prenais l'argent pour nourrir ton papa quand il était petit. Les parents ont des trucs comme ça, des gamiques.

Avec ta sœur, nous avons planté des weigelas et des pensées en avant de la maison. En remuant la terre, tu trouves toujours de longs vers qui font exprès de se tordre dans tes mains pour me dégoûter. Je détourne les yeux. Nous avons aussi creusé un lac – Élise était entrée à ce moment-là –, c'est un lac secret que nous avons caché sous les ardoises; les parents n'y verront qu'un parterre débutant, un peu chaotique.

À propos de monsieur Dagobert et du bon saint Éloi, nous en sommes venus à discuter de gouvernance. J'ai vainement tenté d'ébaucher avec toi une typologie des potentats. Les titres de président, premier ministre, émir, empereur, etcætera, ne te disent rien. Seul le mot roi fait image à tes yeux. Nous avons donc convenu que tous les chefs d'État étaient des rois et qu'on peut les classer, sommairement, en monarques* absolus, à tendances tyranniques et dictatoriales, et monarques décoratifs, ou de salon.

mai. Je reviens du cinéma et j'entends ta petite voix sur mon répondeur: «Allô... demain, si tu es disponible, est-ce qu'on pourrait aller faire du vélo? (*silence*) On irait juste un peu plus loin que d'habitude...» Oh, le beau message! Pour toi, je suis toujours «disponible».

Tu ne t'en souviens pas, mais l'été dernier, on s'est beaucoup promenés sur la rue Masson, toi sur ton vélo et moi à pied, courant derrière toi et criant: Regarde en avant, Émile, oublie les vitrines et regarde où tu vas! Au retour, on jouait au garage; tu lavais le vélo et réparais le moteur et je te demandais de vérifier les bougies, les essuie-glaces, le percolateur, le klaxon, le magnéto, le liquide des freins, la tinette, la tirette, le licou et la bricole, tout le bataclan. Jusqu'à ce que tu te lasses de ce jeu, moi, j'étais coriace.

Aujourd'hui, je t'ai parlé des oies du terrain vague de la rue Molson. Elles y ont fait leur nid, on les entend en passant et parfois on les aperçoit. Tu veux aller les voir, mais nos horaires ne coïncident pas.

Tu as été impressionné par la nouvelle poque de mon char ; la portière gauche est bien renfoncée, mais le reste, intact. Il faut un certain talent pour s'infliger un bobo de ce type, je l'avoue, je suis habile dans ce genre de prouesses, il suffit de prendre le tournant de la ruelle un peu vite, et ça y est. Il va sans dire que ces choses-là n'arrivent jamais quand je vous transporte, Élise et toi. Jamais !

Cette poque me sera utile dans les méga-parkings pour distinguer mon char des autres chars de sa promotion tous peints du même bleu strident.

Parmi les proverbes stupides, il y en a un qui proclame : À quelque chose malheur est bon.

Tu es entré chez moi en disant : Quand tu iras à la bibliothèque, peux-tu prendre des livres qui montrent comment apprendre à lire ? Sans attendre ma réponse, tu as ajouté J'ai soif pour de l'eau très froide. Et tu as sorti les animaux et la maison de poupées.

Le matin, pour écarter la violence qui s'abat trop souvent à mon goût sur notre ménagerie, j'avais caché le ptérodactyle. Mal m'en prit : tu as reporté tes instincts belliqueux sur l'oiseau tchoum-tchoum et ça, je ne le voulais pas, l'oiseau tchoum-tchoum est un bon. Alors j'ai sorti le ptéro de sa cachette ; aussi bien incarner en une seule figure tout le *mal*.

De toute façon, comme l'écrivait monsieur Pascal, « qui veut faire l'ange fait la bête », et c'est là, justement, que la métaphore nous est utile ; le ptéro est l'antique vautour* chapardeur de brebis et dévoreur de foie.

Cacouna, juin. J'ai retrouvé la maison intacte. Pas plus branlante qu'à l'automne dernier. Aucun flo n'est venu y boire sa bière et fumer son joint. C'est cool, comme tu dirais.

Cependant, les champs sont à l'abandon parce que mon voisin, l'agriculteur, a fait faillite ; il n'arrivait pas à joindre les deux bouts, comme on dit, les instruments aratoires coûtent les yeux de la tête et le métier de cultivateur est risqué, tu dépends de la pluie et du beau temps, de la grêle, du froid, des insectes et du gouvernement, entre autres, et ça demande du courage, car les gens ne pensent même pas à toi en mangeant leurs céréales, l'an dernier, le voisin n'a rien semé – il était déjà en faillite –, et dès qu'on cesse de cultiver la terre, elle repart en friche, c'est-à-dire au gré des graines qui passent par là, la friche est jolie au début, pleine de fleurs, mais après les fleurs viennent les arbustes, puis les aulnes et d'autres bois qui préparent le sol pour les grands arbres, et la forêt se refait, ça va vite, et alors finis, pour moi, les couchers de soleil sur le fleuve, ils auront disparu derrière la forêt. Les champs du voisin étant entre ma parcelle de terrain et le fleuve, je dépends de son bon vouloir et tout se passe comme s'il semait son avoine uniquement pour que je puisse la regarder danser sous le vent.

Mon voisin – pas le cultivateur, l'autre, celui qui a connu ma grand-mère – me conduit sur un cran dans la montagne près de chez lui et me montre le sol : « Je suis né ici, dit-il, la chambre de mes parents se trouvait ici. » Je l'envie un peu : il sait d'où il est. Moi, je suis née dans un obscur hôpital montréalais. On s'identifie mal à un hosto.

Élise et toi êtes venus au monde dans une maison de naissance et vous avez fait ça très vite, vous étiez pressés, toi surtout. Vous avez un bon ancrage familial ; un clan tentaculaire d'un côté, et de l'autre, deux passeports. Bon. Il y a cette ambiguïté du passeport canadien-québécois, ce flou, mais vous le partagez avec huit millions de gens. Et votre côté espagnol est solide. Quoique, là-bas aussi on souffre de tiraillements identitaires… Non, rien ne vaut un coin de rocher qu'on peut regarder d'un œil tranquille et se dire, de temps en temps, c'est ici que j'ai commencé.

J'ai planté un lilas en pensant à vous deux.

À Bagua, Pérou, des indigènes ont érigé des barrages routiers et fluviaux pour défendre leur terre*, que le gouvernement veut concéder à des compagnies étrangères. Au cours d'un affrontement avec la police, trente-quatre personnes sont mortes et des centaines ont été blessées. On parle d'un massacre.

Montréal. Installés dans le bureau de ma nouvelle maison, nous dessinons des dragons. Tu mets beaucoup de détails aux tiens. Je te suggère d'en élider :

— Peut-être qu'on ne voit pas tout le dragon et qu'il a des parties cachées…

— Je préfère dessiner les choses au complet, c'est plus beau.

Comme les anciens Chinois et les peintres du Moyen-Âge, et comme tous les gens de ton âge, tu représentes les êtres et les choses en aplats et sans ombres. Tu ignores aussi la perspective et le trompe-l'œil.

En travaillant, le nom de Jésus est venu dans la conversation. Tu ne voyais pas de qui je parlais. Mais pourtant tu connais Jésus. Il est si célèbre que tu es déjà familier avec sa biographie, mille fois illustrée, sa naissance dans la dèche, sa leçon inaugurale au temple, ses spectacles, ses tours de magie, sa mort, son dernier party avec ses fans, l'image la plus répandue de ce souper a été peinte par le grand Léonard à même le mur d'un couvent et, pour faire une fresque, il fallait alors déposer les pigments sur un enduit encore humide et se dépêcher de finir avant que ça sèche. Avec les crayons Prismacolor, on n'a pas ce problème.

Tes dragons sont plus beaux que les miens. Plus réalistes, pourrait-on dire.

Je t'ai confié que mes cheveux ne sont pas naturellement bruns, mais blancs, et que je les teins.

— Alors, ça veut dire que tu vas mourir bientôt? as-tu demandé.

— Oui, je vais mourir. Quand tu seras grand.

Ma réponse t'a rassuré.

Je croyais m'être résignée à l'éventualité de la mort et avoir fait des progrès dans ce sens depuis mon jeune temps. Mais finalement, je suis encore révoltée à l'idée de mourir. À quoi servent les connaissances que j'ai grappillées ici et là au fil des ans? Quand j'enseignais, je pouvais les transmettre à des âmes captives. J'avais cet exutoire. Mais j'ai renoncé à l'enseignement. Il ne me reste plus que ta sœur et toi sur qui déverser le trop-plein de mes pulsions pédagogiques.

Au Musée d'art contemporain, dans une vidéo, des météorites tombent au ralenti sur un fond de nature – un lac dans les montagnes. Le paysage est filmé en temps réel et, à force de le scruter, on a l'impression d'entrer dans cette campagne, on y remarque des détails, par exemple un canard, qu'on regarde progresser lentement sur l'eau, et on voit la lumière changer. Tu aurais aimé ça, du moins pendant les premières minutes.

Il y avait aussi une installation intitulée *Le jardin du sommeil.* Une centaine de lits d'enfants alignés comme dans un dortoir. Les lits sont vides, sans même un matelas. La plupart datent de la première moitié du XXe siècle. Atmosphère de nursery. On croit entendre le souffle des bébés. Ou le silence de l'abandon. J'ai pensé aux orphelinats d'Europe de l'Est bombardés par la guerre.

Ton cousin numéro trois est né.

juillet. Nous avons dessiné des roqueforts mouchetés. Ce sont des animaux à corps de chien et gueule de poisson. Après, tu as écrit. Tu traçais des lettres n'importe où sur la feuille, à ta fantaisie. Je t'ai incité à les disposer en lignes horizontales et de gauche à droite. Nous avons ainsi éliminé des tas de langues qui s'écrivent de droite à gauche et de haut en bas, et dorénavant, tout autre ordre te semblera étrange, mais que veux-tu, tout système sémantique se construit par élimination, on pourrait même affirmer que tout système se construit par choix et rejets, et ici se pointe la question du familier et de l'inconnu, la déconcertante question de l'Autre, à laquelle, déjà, ta naissance t'a confronté ; dès qu'on sort du ventre de la mère, il n'y a plus fusion et tous les corps sont des étrangers.

Cacouna. La ramure des sorbiers est une fine dentelle contre le ciel. Nous en avons quelques-uns sur le terrain. Par terrain, j'entends toute la terre, telle que mon grand-père l'a acquise au début du siècle dernier : les champs devant la maison, la batture, une partie de la montagne et les champs derrière cette montagne. Il y avait sur cette ferme un poulailler, une boucanerie, une soue à cochons, une immense grange, une autre, plus modeste, une remise, il y avait même un élevage de renards dans la montage, mais ne soyons pas nostalgiques, ça n'était pas nécessairement plus beau que maintenant, même si ma grand-mère, ta trisaïeule, soignait son potager et ses fleurs, l'esthétique n'était pas la priorité des gens d'ici.

Sur le minuscule morceau de schiste qui m'est échu, on ne peut rien cultiver et je n'ai rien d'autre à faire, quand je suis ici, que de regarder les églantiers fleurir et le pommier faire ses pommes, je suis comme Alexandre le bienheureux, un veuf qui a poussé très loin l'art de la solitude heureuse et du farniente.

Montréal. Naissance de ton cousin numéro quatre.

août. Nous sommes allés à l'île Sainte-Hélène avec la grand-tante Hermanita. Dans l'auto, tu faisais des blagues et ta sœur riait à gorge déployée. Elle est ton meilleur public.

Sur l'île, c'était la fête : armés de mousquets chargés à blanc, des acteurs déguisés en soldats reconstituaient une bataille « d'époque » entre les Anglais et les Français et un animateur commentait l'action comme une joute de hockey. Élise n'a rien voulu savoir de ce spectacle, elle est allée à l'atelier de maquillage avec Hermanita. Je suis restée avec toi. L'affrontement était courtois et discipliné. Pédagogique. À la fin, les soldats se sont félicités d'avoir si bien guerroyé, ils se sont serré la main en gentlemen, puis ils sont rentrés dans leurs campements respectifs pour prendre le thé, c'est ce que l'animateur a dit, moi, je pense qu'ils se sont précipités sur leur portable pour lire les textos reçus pendant que le combat faisait rage. Les enfants pouvaient ensuite s'initier au maniement des armes avec des fusils de bois, il fallait se mettre en rang et attendre l'ordre de tirer. Parmi les recrues, il n'y avait que des garçons. Tu n'as pas voulu faire le soldat. Par timidité ? Indépendance d'esprit ? Convictions anti-militaristes ? J'opterais plutôt pour l'âge : les participants étaient tous plus vieux que toi. Il y a des limites à l'enrôlement volontaire, qui semble commencer vers les huit ans.

Après la guerre, nous nous sommes promenés parmi les tentes et nous avons vu un Montagnais, crâne rasé et fesses à l'air sous son pagne. Superbe. Il n'était pas historique comme les soldats, mais contemporain et aussi réel que tous les visiteurs présents sur le site, nous existions en nous promenant d'un kiosque à l'autre, et lui, en exhibant son américanité précolombienne, il s'autoreprésentait en quelque sorte, il avait même apporté des artefacts à l'appui de son existence et de sa persistance en tant que « vieille » culture : des peaux d'ours et de lynx et des pointes de flèches. Était-il en visite chez nous comme Hermanita ? Non, les Amérindiens sont ici chez eux : toute l'Amérique était autrefois leur territoire, l'île Sainte-Hélène était alors une forêt, l'île de Montréal aussi, une île parcourue de ruisseaux, et dans ces forêts vivaient des chevreuils, des lièvres, des perdrix, des loutres, des renards et bien d'autres espèces, et si on remonte plus loin encore, il y avait la mer pleine de poissons étranges qui ne sont plus en circulation, et avant la mer, je ne sais pas trop, ça nous mène proche du Big-Bang, tout est relatif, n'empêche que les premiers humains ayant séjourné sur la terre Québec sont les « Indiens » et qu'ils ne sont pas tous morts, plusieurs vivent parmi nous incognito et, sporadiquement, ils deviennent visibles, tu en as déjà rencontré quelques-uns avant ce jour, mais tu as oublié ce premier contact, c'était il y a deux ans, à la place Émilie-Gamelin pendant l'événement Présence autochtone, il y avait plein de tentes partout, et quand je t'ai dit Allons voir les Indiens, tu as reculé, j'ai dit Les Amérindiens, mais ça n'a rien changé, tu as continué d'avoir peur, tu n'avais que deux ans et déjà des préjugés, je ne savais pas d'où te venait cette peur, certainement pas de tes parents, peu importe, tu n'as plus cette méfiance et tu es entré dans la tente pour toucher les peaux. Tu as été étonné de leur douceur.

Après, à l'atelier de maquillage, Élise était devenue une princesse. Tu as voulu être un pirate. Il était tard et nous étions fatigués. J'ai pris un bâton de noir et, vite fait, j'ai recouvert ta frimousse d'une barbe aussi fournie que celle du capitaine Haddock, puis, toujours en noir, je t'ai dessiné un bandeau sur l'œil, la barbe était réussie mais pas le bandeau, c'était bizarre, ton œil s'ouvrait, brun et blanc au milieu d'une caverne, et quand tu t'es regardé dans le miroir, tu n'as pas aimé du tout, je crois même que tu as eu peur. Alors j'ai effacé mon gâchis et tu as été soulagé de retrouver ta bouille de moussaillon.

J'ai eu tort de faire dans le monochrome, tu es totalement insensible à l'esthétique gothique.

Nous avons reparlé des Indiens et de leur vie actuelle dans les réserves. J'ai imaginé un garçon de ton âge vivant dans le Grand Nord, je l'ai appelé Wigwam vu que je suis totalement incompétente en matière de langues des Premières Nations – je sais au plus cent mots, dont la plupart sont des noms d'endroits –, Wigwam fera l'affaire pour le moment. Lui aussi a une sœur cadette et des parents. Mais la ressemblance avec toi s'arrête là parce que ses parents sont rarement à jeun, ils boivent, et lui sniffe de la colle. Est-ce là un cliché ? Assurément. C'est un cliché existant à des milliers d'exemplaires. Wigwam est ma mauvaise conscience de Blanche instruite et riche. Si je te parle de lui, ce n'est pas pour te transmettre le germe de la culpabilité, mais simplement pour que tu saches. Quand j'avais ton âge, je ne savais pas. Je croyais que les Indiens étaient tous morts. Comme Samuel de Champlain et Jésus.

JEAN SANS TERRE ÉTAIT UNE GIDOUILLE

28 août, soir. Aujourd'hui, c'était ta fête anticipée, de mon côté, et la tante Mélissa est venue nous voir avec des cadeaux pour toi. Nous avons vidé une boîte de Maricourt où dormaient des morceaux de son enfance et de celle de ton père. Tu as tripé sur une maquette du corps humain, un corps de femme avec ou sans le bébé dans le ventre. On y voit clairement que l'enfant à naître est un intrus qui tasse les organes internes, la preuve, quand tout ça est en plastique rigide, il faut enlever le pancréas et un autre morceau que j'identifie mal pour pouvoir loger le fœtus.

septembre. Je cherche un nom politiquement correct pour Wigwam. Que penses-tu de *Maikan*, qui signifie loup des bois ? Ou de *Kakuss*, porc-épic de moins d'un an ? Ou *Atahukan*, légende ? C'est du montagnais.

Hier, devant un vaste auditoire où il y avait le grand-père espagnol et moi-même, ton père a soutenu sa thèse. Ce fut une cérémonie épormyable, et en disant ça, je me retiens. Vous n'étiez pas là, Élise et toi, vous êtes arrivés après, au café Miel.

octobre. La campagne électorale municipale sévit et chaque jour un nouveau scandale éclate. Pourtant, dans quelques années, on te dira qu'il faut aller voter.

Je reçois ta première lettre, que tu as dictée à une grande de première année. Tu y as mis des cœurs et des croix pour les becs. À l'endos, un magnifique dragon qui crache le feu sous un ciel bas.

Vous ne le savez pas encore, Élise et toi, mais vos parents vont se séparer.

On a décerné au président Obama le prix Nobel de la paix, alors que son pays est embourbé dans deux guerres. Moi, les prix, ça ne m'impressionne pas. Sauf le Nobel pour la paix. On le lui a donné pour les efforts qu'il a l'intention de faire au Moyen-Orient. Pour l'espoir, en somme.
Il aurait dû le refuser.

novembre. Beau dimanche avec toi à la Maison de la culture, où on donnait un spectacle pour enfants. En sortant du théâtre, il y avait une odeur de sucre fondu dans l'air et les gens marchaient lentement. Nous avons acheté des pommes au marché ouvert du coin de la rue. Tu n'as pas voulu en manger, mais dans l'auto, tu t'es bourré d'abricots séchés, dont j'ai toujours une provision dans le coffre à gants. C'est le genre d'aliment que tu ne mangerais peut-être pas ailleurs, mais ils semblent émaner du char et fleurir comme une manne orangée, et pour toi, ils font partie du voyage.

Chez toi, nous avons lu *Le trésor de Rackam le Rouge* en attendant le souper. Élise est venue nous rejoindre pour écouter l'histoire. Elle est *morena, morena* et dodue.

Après l'école, on a joué au docteur avec Élise. J'étais la malade. Vous m'avez soignée et je me suis remise de la grippe porcine, mais votre médicament m'a fait braire, vous avez donc trouvé un antidote, qui m'a foutu des pustules, vous avez fait une préparation de gouache séchée dans un vieux pot de yogourt, mais des résidus microscopiques de lactose m'ont donné la fièvre quarte et des boutons verts sur tout le corps, vous me forcez alors à ingurgiter un autre remède, les boutons deviennent bleus, puis marron, puis ils virent au violet et je me remets à braire, et pour en finir avec ces effets secondaires intempestifs, tu m'as administré une ultime potion en disant Avec ça, tes boutons vont redevenir beiges et tu vas être guérie pour vrai.

Faut croire qu'un bouton beige, on vit avec.

le lendemain. Je devais vous garder, mais je suis hors d'usage. Sont-ce les séquelles de votre médecine ?

L'autre jour, dans le quartier Côte-des-Neiges, nous avons croisé une femme qui portait sa valise sur sa tête.

— Pourquoi penses-tu qu'elle porte sa valise sur la tête ? t'ai-je demandé.

— Parce qu'elle vient d'un pays où les gens ont la tête plate ? as-tu répondu.

J'ai ri et je t'ai servi ce qu'on appelait autrefois une leçon de choses : tenir un objet haut répartit son poids dans tout le corps, se servir de sa tête comme porte-bagages force à se tenir droit, comme la reine de Saba, et blablabla. Depuis, quand nous sommes chez moi, nous marchons avec un livre sur la tête pour travailler notre maintien. Tu prends toujours les œuvres complètes de Molière, dont la couverture est rouge, tu aimes déambuler comme ça en te regardant dans les miroirs, tu passes et repasses devant le grand miroir de la salle à manger, jusqu'à ce que le Molière tombe.

Je t'ai raconté, avec beaucoup de mots, une pièce de théâtre qui en emploie encore plus. Il y est question des rapports entre une mère écrivaine et son fils.

Maintenant que tu es plus vieux, je peux te parler plus longuement des spectacles que j'aime. Ma maman le faisait, autrefois, et j'y prenais « un plaisir extrême ».

décembre

— Le père Noël est vieux, dis-tu, est-ce qu'il va mourir bientôt?

— Tu crois qu'il existe?

— Oui. Les parents peuvent pas acheter tous les cadeaux, ils sont pas assez riches.

Passage éclair de la tante Mélissa, avec des cadeaux. Elle filait vers le Grand Nord soigner des Inuits. Elle m'impressionne.

Au fait, j'ai cessé de chercher un nom politiquement correct pour le jeune « Première Nation » de ton âge, Inuit, Innu, Cri, Siou, Assiniboine, Wendat, ou autre, j'aime bien Wigwam. C'est aussi classe que de s'appeler Labrosse ou Brown.

Je suis allée à la messe de minuit avec Céline et son amoureux. Ils disent que c'est uniquement pour le chant qu'ils y vont et je les laisse dire. La messe est un cérémonial chrétien avec des chansons à répondre, un discours et un goûter. Vers la fin, les spectateurs s'embrassent en signe de paix, qu'ils se connaissent ou pas. J'ai donc embrassé mes voisines, qui se trouvaient être Céline d'un côté et une grand-mère d'origine visible*, probablement haïtienne, de l'autre.

Qu'est-ce que je faisais là, moi, l'impie? Pure courtoisie: j'étais l'hôte de Céline, qui nous avait programmé un réveillon musical avec Richard Verreau en entrée, du Schubert pendant la manducation de la dinde et un entremets de musique *live*, constitué des chants d'une messe de minuit célébrée pas loin de chez elle. Entre la poire et le fromage, on s'est donc habillés pour courir à l'église. Une sorte de trou normand par le froid. Mais il ne faisait pas froid, l'air était doux et les rues vides d'autos ; il n'y avait que des piétons tout joyeux, comme nous, et liants. C'était cool.

Pour Noël, tu m'as donné un bracelet* en papier. C'est le plus joli cadeau qu'on m'ait fait depuis des années. Depuis la trottinette.

janvier 2010. Les vacances se sont terminées par la fête des Rois. Vous avez fabriqué les couronnes, Élise et toi, en souhaitant qu'elles vous échoient, et effectivement, les fèves vous ont désignés comme couple royal. Le lendemain, Élise est retournée à la garderie et toi, à l'école. Ce qui est bien, c'est que votre mère travaille à cette école depuis quelques mois et que vous pouvez la voir même quand vous dormez chez votre père, car la séparation a eu lieu : vous avez maintenant deux maisons et un parent dans chacune.

Élise entreprend de peler une clémentine*. Elle réussit. Je m'exclame : Tu m'impressionnes, Élise ! Elle me regarde d'un air étonné : T'es pas capable ?

Tremblement de terre en Haïti. Tout ce qu'on nous montre du pays à la télé est en ruine. Ici, les gens sont consternés. Il y a tellement d'Haïtiens parmi nous qu'on en connaît tous un et on espère qu'il n'a perdu personne dans le cataclysme.

nuit. Je rentre du théâtre, où j'ai vu une pièce très forte. C'est l'histoire d'un soldat canadien qui aime les beignes, la pièce commence comme ça, nos soldats aiment tellement les beignes qu'il y a maintenant sur le terrain de la guerre, à Kandahar, Afghanistan, une succursale des restaurants Tim Hortons, lesquels se spécialisent, nous le savons tous, dans les trous de beignes. Dans ce lieu, le temps est suspendu pour que nos soldats puissent s'enfoncer dans l'euphorie du sucre et de la graisse de chez eux. Au début, ça m'a déplu : quand je vais au théâtre, c'est pas pour entendre des pubs. Et le soldat qui n'en finissait plus avec ses beignes ! Mais à mesure que l'action se déroulait, j'ai compris que je ne pourrais plus jamais voir un restaurant Tim Hortons sans penser à l'Afghanistan et à la guerre d'invasion que les Uessa y mènent, et nous aussi, par ricochet, car le Canada n'est que leur ricochet et nous sommes aussi responsables qu'eux. Mais ça, on ne le voit pas venir dans la pièce, et quand ça nous prend à la gorge, il est trop tard, on est faits, parce que la guerre ne se déroule pas du tout comme le soldat le prévoyait – je ne me rappelle plus son nom, appelons-le Steve –, Steve ne tue aucun méchant, il n'est pas non plus tué, ni même blessé, il est de retour chez lui, dans sa cuisine et, par un artifice de l'art, on comprend ce qui se passe dans sa tête de soldat bien intentionné qui va porter sa guerre à l'étranger et, du même coup, propager sa civilisation, ici représentée par le trou de beigne. À un moment donné, Steve est confronté à un pacifiste, aussi bien intentionné que lui, ils discutent, le pacifiste a de solides arguments contre la guerre et Steve n'a pas complètement tort, il croit qu'il faut agir plutôt que de parler et il a risqué sa vie, lui, il est revenu du front avec tous ses morceaux, sauf qu'il a maintenant une brèche dans l'âme, ça ne se sent pas au début, mais on finit par imaginer cette brèche, c'est une fêlure, un creux, un vide, une béance, on peut lui donner tous les noms, ça ne changera rien : le trou de beigne est un piège qui s'ouvre sous les pieds de l'enfant afghan au moment où il va posséder une pleine boîte de bonheur canadien, il y a aussi un enfant dans cette pièce, un petit môme, mais comment t'en parler davantage sans dévoiler la chute et te gâcher ton plaisir, bien que le mot plaisir ne soit pas vraiment approprié ici ?

Cette pièce sera-t-elle désuète quand tu seras en âge de porter les armes ? Je crains que non.

le lendemain. Tu trouves peut-être que je parle beaucoup de la guerre. Exact. C'est que la guerre a cours présentement et pas loin d'ici, sur la planète Terre, des guerres sont en cours – il y en a plusieurs – et des milliers de soldats se battent comme Malbrough, mironton, mironton, mirontaine, tu connais cette chanson, mais ce ne sont pas les vraies paroles de la guerre, en fait, la guerre est sans paroles, elle commence là où les mots nous lâchent, elle n'a que des cris et des bruits, le sifflement des bombes, des missiles, des drones, des grenades, et ça m'obsède. Si, de temps en temps, je te donne des nouvelles de nos troupes, c'est dans l'intention très claire de te dissuader d'envisager un jour la carrière militaire. Je suis d'une race de déserteurs.

Longue conversation à propos des bêtes et des mots qui les désignent, selon qu'on les mange ou non. Tu étais étonné d'apprendre que le steak de bœuf venait de la vache, le rôti de porc du cochon et que l'agneau était un jeune mouton.

Vous autres, enfants des villes, ne voyez pas de lien entre l'animal vivant et ce qu'il y a dans votre assiette. Je ne vous jette pas la pierre, j'ai déjà été comme vous, et jusqu'à très vieille. Un jour, dans un village d'Andalousie, je faisais l'épicerie avec votre grand-père, l'Espagnol. C'est pas fameux pour une relation de couple, mais à l'époque, je ne le savais pas. On entre donc à la boucherie. Je voudrais du bœuf, dis-je au boucher. Y a pas de bœuf, répond celui-ci. Bon. Je prendrai des côtelettes d'agneau. J'ai pas d'agneau, dit le boucher. Alors, du porc? J'ai pas de porc… Qu'est-ce que vous avez? De la chèvre. Wow! de la chèvre! Nous revenions du Maroc, où les chèvres paissent en bordure des routes, vu que ces terres sont communales, et le seul mot chèvre me faisait roucouler, je les adorais et me réjouissais à l'idée d'en manger. Alors le boucher va dans sa chambre froide. Au bout d'une minute, il en revient avec la plus jolie petite chèvre noire, un bébé de quelques mois, les pattes raidies dans la mort, bien droite et bien mignonne, tout habillée dans son pelage, on l'avait congelée telle quelle, sans la tanner, et on l'aurait dépecée exprès pour nous. Subitement, je me suis sentie mal et j'ai tourné les talons sans m'expliquer au boucher. Tu es conne! me dit le grand-père, sur le trottoir. C'est ici qu'on voit que faire l'épicerie à deux est mauvais pour le couple. Je crois qu'il voulait plutôt dire Assume ta condition de carnivore, ma chérie, et regarde dans les yeux ce que tu t'apprêtes à déguster, mais la langue lui a fourché.

Ce soir-là, on a mangé des nouilles.

On se préparait à aller au Biodôme. Il était déjà tard. J'ai dit On verra peut-être les animaux nocturnes, ils commencent à bouger à la tombée du jour. Ça se passait chez votre père, et votre mère y était, placide et souriante, il n'y avait aucune tension dans l'air. Elle était venue faire tes devoirs « en famille », la philosophie de ton école voulant que les parents s'investissent dans les apprentissages de leur rejeton.

À notre retour, dans l'auto, Élise a dit Peut-être que maman va être encore dans la maison de papa. Je n'étais pas sûre d'avoir bien entendu et je lui ai demandé de répéter. Je te voyais dans le miroir; tu la regardais avec compassion, il m'a semblé. J'ai dit Je ne crois pas que votre mère y sera. Tantôt, elle vous a embrassés en disant « On se verra demain, vous venez chez moi. » *Silence.* J'ai ajouté quelque chose comme Elle a passé l'après-midi avec vous… — Juste le temps de faire mes devoirs, as-tu marmonné. Tu donnais en parlant de légers coups de pieds dans l'air et tu avais un petit air lucide et blessé. À fendre le cœur.

À la maison, tu as fait un compte rendu laconique de notre expédition : On a pu voir les animals nocturnes. C'était cool. Animaux, a répondu ton père.

Ça a été un bel après-midi avec vous deux qui couriez et glissiez comme des loutres.

février. Je devais te prendre après la classe et t'amener chez moi pour jouer, mais tu es malade. C'est partie remise ; pendant tout ce semestre, quand vous serez avec votre père, les jours où il enseigne à l'université, j'irai te chercher à l'école.

J'ai vu un très beau spectacle. Un autre. Avec Céline. C'est l'histoire d'une dame qui dressait des listes. En prenant son café, le matin, elle note toutes les tâches et obligations de sa journée. Une dame tourmentée et pointilleuse. Sa maison est suggérée par un mur déclive percé de grandes portes ouvrant sur des armoires, et rien d'autre. Sauf une table sans importance et quelques chaises. Et des objets que la lumière fait apparaître. C'est ce qu'on appelle l'économie de moyens. Pendant qu'on est occupés à regarder la dame et qu'on l'écoute s'inquiéter, un manipulateur invisible pose des objets dans l'espace, une pomme ou un soulier d'enfant. Ou un jouet. Quand on remarque l'objet, on se dit : Tiens, j'avais pas vu ça, tantôt. Puis on l'oublie et il disparaît sans qu'on puisse dire quand ni comment, et d'autres petits riens apparaissent, des objets sournois qui sortent tout seuls des tiroirs et brisent l'harmonie du décor. Pendant tout ce temps, la dame nous parle de rangement et des mesures à prendre pour contrôler sa vie et la rendre bien lisse, c'est pour ça qu'elle fait des listes, pour ne rien oublier, et pourtant elle passe à côté de l'essentiel parce qu'elle ne sait pas établir des priorités dans les choses à faire : un drame arrive, qu'elle ne peut pas empêcher malgré sa prévoyance, et alors là, mon petit vieux, je me suis sentie visée. Car moi aussi, je fais des listes, tu le sais, il en traîne partout chez moi. Des listes non ordonnées. Et Céline aussi fait des listes. À la fin, nous nous sommes regardées d'un air penaud. Mais nous étions surtout émues. *Pasmadas.* Il faut dire que madame Drapeau, qui joue le rôle de la dame, seule et frêle sous l'éclairage, est sublime.

Tu es guéri et nous avons retrouvé notre tapis carmin. Tu as formé des grottes avec les gros cailloux que j'ai ramassés à Papam Beach du temps que j'accumulais des choses. Moi, j'ai pris la maison de poupées pour m'en faire un château.

— Et il est très bien équipé, madame ! as-tu dit.

— Oui, monsieur, ai-je répliqué. Laissez-moi passer sur vos terres…

— Tu dois d'abord résoudre l'énigme du lynx.

— L'énigme du sphinx.

— L'énigme du lynx à trois têtes.

— C'est Cerbère qui a trois têtes, le gardien des enfers…

Tu n'as rien répondu. Tu t'obstines rarement, n'étant pas de ces gens qui défendent âprement leur mince savoir. D'ailleurs, tu étais concentré sur l'édification de ta grotte. Laissée en plan, j'ai ronchonné que j'étais Jean sans Terre, dépossédé de l'Aquitaine et de toute terre habitable, arable et imposable, il y a des jours où les mots ruissellent de ma bouche et tu laisses couler, te tenant sur ton quant-à-toi et l'air de penser cause toujours, ma grande Nana, t'auras pas mon coin de tapis. Mais tes travaux terminés, tu as voulu savoir si Jean sans Terre a vraiment existé. Je me suis empressée de te dire que cet individu a sévi « pour de vrai » à l'époque de Lancelot du Lac, et comme pour prouver son historicité, je t'ai conté quelques-uns de ses méfaits, notamment l'enlèvement de sa très jeune fiancée, Isabelle d'Angoulême. Et avec eux, nous sommes entrés dans un Moyen-Âge de tournois et de félonie.

Je suis partie précipitamment de chez vous hier ; j'allais au théâtre, voir un mauvais spectacle. Pourquoi tu vas le voir s'il est mauvais ? as-tu dit. Je me mettais du rouge à lèvres – quand je sors, je me crois obligée d'en rajouter, comme ma mère autrefois. Toi, par association d'idées, par cosmétique interposé, tu m'as demandé si je suis née avec les cheveux blancs. Décidément, ça te travaille. Je t'ai répondu que seuls les albinos naissent avec les cheveux blancs. Justement, a dit ton père, je viens de donner un cours sur la marginalité et la norme. Et il a aussitôt douté de l'aspect marginal de cette pathologie, mais nous n'avons pas poursuivi dans cette veine, lui et moi, c'eût été un obscur discours sur la norme, obscur de ma part, car ton père, en tant qu'intellectuel dans la force de l'âge, a les idées claires, ça m'épate toujours.

Le spectacle était très mauvais.

février 2010

Cher Émile,

J'ai passé un bel après-midi chez vous. À ta demande, j'avais apporté la maison de poupées. Tout de suite, Élise s'est mise à y placer et déplacer les meubles et à les nettoyer, à faire le ménage en quelque sorte. À la voir s'adonner avec enthousiasme à des tâches traditionnellement féminines, mes idées sur l'inné et l'acquis s'effritent. Mais c'est pas à ce propos que je t'écris ; je me suis disputée avec toi en jouant à un jeu de table beaucoup trop compliqué pour Élise, et sans doute aussi pour moi, j'étais fatiguée par manque de sommeil. Ton père a lancé, depuis sa cuisine Jouez donc à autre chose ! Ça m'a réveillée net.

C'est notre première chicane. Après, nous avons fait semblant de rien.

Je t'écris donc pour te dire que je t'aime, même si je m'impatiente parfois. Tu n'es pas toujours magique toi non plus, tu es un petit môme ordinaire, avec tes gidouilleries, tes bons et tes mauvais jours.

Ta grande Nana

plus tard. Je suis allée m'éventer l'esprit. Réflexion faite, je ne t'enverrai pas ce mot d'excuses. Je me justifiais un peu trop de mes sautes d'humeur à ton père quand il avait ton âge et que j'espérais encore l'élever ; souvent, il ne savait même pas de quoi je parlais. Ceci est une bonne illustration de l'expression « une tempête dans un verre d'eau ».

Je repense à ta question de l'autre jour : pourquoi aller voir de mauvais spectacles ?

D'abord, personne ne fait intentionnellement un mauvais spectacle. On n'a jamais entendu un metteur en scène dire : Je monte présentement un flop, voilà, c'est ce que je prépare, ce sera un très beau flop. Non, tous les artistes espèrent plaire et distraire. Et signifier.

Ensuite, le théâtre est l'art du risque. Même antique, il a cours au présent, dans le présent des acteurs et celui des spectateurs, qui respirent le même air ; c'est du direct et à tout moment quelque chose peut flancher, un spot s'allume en retard, un acteur bafouille, un danseur se blesse, et mille autres embûches… Malgré le nombre infini de possibilités de ratages, il arrive que tout s'enchaîne avec la plus parfaite justesse. Ces soirs-là, on se félicite d'être dans la salle. Et on est comblé. Ébloui. Tu as vu quelques spectacles déjà, mais je ne crois pas que l'éblouissement te soit venu. Moi, j'avais neuf ans lorsque ça s'est produit et j'en ai encore un souvenir très vif.

Et quand la magie n'opère pas? demanderas-tu. Eh bien, on n'a qu'à se tenir coi sur son siège pour ne pas déranger les acteurs. On peut utiliser ce temps pour refaire la liste de ses priorités.

mars. J'avais commencé à te conter la légende du gars qui a tué son père et épousé sa mère, un certain Œdipe, mais j'étais pleine de restrictions mentales, comme une actrice qui jouerait du bout des lèvres, ce qui a peut-être influencé mon récit, et le personnage ne t'a pas touché. Tu lui préfères Ulysse, dont l'éducateur Jojo vous raconte les voyages. J'aime beaucoup l'éducateur Jojo. Il vous parle aussi du chatoyant Cyrano de Bergerac.

Ta mère a un copain, c'est elle-même qui me l'a confié entre deux portes, à l'école. Du coup, vous avez, Élise et toi, un frère et une sœur d'emprunt: les enfants du copain. Si ça se trouve, vous aurez peut-être accès à une autre grand-mère et, qui sait? à un grand-père. Mais pas de précipitation.

Nous avons fait des biscuits. Ratés. Par ma faute. Tu as mal pris cet échec; tu te voyais déjà ouvrant ta boîte de fer-blanc aux copains de ta classe. Mais les biscuits n'ont pas levé. Ils étaient plats et mous. Petit dégonflement.

Nous regardons de vieilles cartes géographiques. Je t'en montre une de l'Europe au Moyen-Âge, alors que la moitié de la France était *angloise,* puis une autre, de l'Amérique du Nord, à l'époque où la Nouvelle-France touchait à la Nouvelle-Espagne. Une fois l'action située, nous avons installé nos pierres et nos pions, c'est moi qui tenais le rôle de Jean sans Terre et je t'ai réclamé un lopin pour cultiver mes brocolis, je m'étais appauvrie à la guerre et blabla, et à l'instar de la Chine actuelle qui utilise des sols africains pour nourrir ses milliers de bouches affamées, j'ai voulu te louer un coin de tapis, mais tu ne saisis pas la notion de location et ne jures que par la force brute de ton ptéro.

Je pars de chez toi en annonçant que je vais préparer mes rapports d'impôt. J'ai mon air fatidique des corvées et tracasseries papelardes. Tu me demandes si tout le monde fait un « rapport d'impôt ».

— Oui, dis-je. Ton père, ta mère, tous ceux qui travaillent.

— Pas tout le monde, les pauvres, ils ont pas d'argent.

Tiens ! Tu as cessé de croire que le pauvre est seulement un topisme du conte populaire, tu sais maintenant qu'il existe « pour de vrai ». Mais tu ne soupçonnes pas encore la complexité de son statut.

J'ai eu le goût de t'expliquer que même les pauvres doivent déclarer leurs revenus pour prouver qu'ils sont pauvres et non imposables, mais j'étais à plat : on venait de tirer le diable* par la queue, je faisais le cheval dans ce jeu et j'ai beaucoup galopé avec Élise sur mon dos. Quand ton père est rentré du travail, j'étais encore sur mon erre d'aller et je lui ai dit : On va te montrer comment tirer le diable par la queue. « Si tôt ? a-t-il rétorqué. Et si jeune ? C'est une chose qu'on fait habituellement plus tard dans la vie. » Il ne pensait pas, alors, aux enfants des bidonvilles. Il ne pensait pas non plus à Wigwam, dont les parents tirent le diable par la queue plus souvent qu'à leur tour ; c'était l'heure du souper et il avait en tête la bavette à l'échalote qu'il allait faire cuire. Il est le père nourricier.

avril. Les rivières sont gonflées et ce sera bientôt la débâcle. Le grand-père de Wigwam se souvient des lacs de son enfance quand ils calaient et du silence particulier de la fin de l'hiver, en forêt. Mais ces souvenirs n'intéressent personne.

Je ne vous verrai pas pendant un long mois, je pars en voyage dans les vieux pays.

Istanbul, 19 avril 2010
Hôtel du Croissant amer

Cher Émile, chère Élise,

Comme tous les Occidentaux qui découvrent le Moyen-Orient, je suis fascinée. Istanbul est une ville d'eau, de collines et de mémoire. Tout le monde y joue au trictrac. Dans les rues, les cafés, les parcs, partout.

À la télé, il n'est question que de l'éruption d'un volcan islandais, le ciel d'Europe est noir de cendres et les avions sont « cloués au sol ». Il y a donc ici beaucoup de voyageurs en attente de leur départ et j'en ai rencontré de très sympas, dont un certain Georges avec qui je joue au trictrac le soir sur la terrasse de l'hôtel, il a sept ans et la victoire modeste : je gagne plus souvent que lui et il est content pour moi. J'ai aussi fait la connaissance d'un Pakistanais disciple de Zoroastre, qui préfère vivre à Londres plutôt que dans son pays d'origine.

J'ai beaucoup de plaisir à musarder dans les vieux palais sous mon déguisement de touriste, mais je vous avais promis des histoires en mon absence. Voici donc un nouvel épisode de la saga des Charmant-Hautbois.

Figurez-vous que le prince Charmant a été malheureux en ménage. Il a eu trois filles de Belle : la Nina, la Pinta et la Santamaria. Cette progéniture était espagnole, car ils ont fait leur voyage de noces – et tous leurs voyages subséquents – en Espagne. C'est ce qu'on appelle la nationalité du sol, un système qui en vaut bien d'autres. Pour Belle et Charmant, ça n'a pas été facile d'élever des petites Espagnoles alors qu'eux-mêmes n'avaient pas les bases de cette culture, ils se querellaient à tout propos et leur mariage allait à vau-l'eau. Le prince passait ses journées à la chasse, après quoi, avec son ami Bouloule, il s'arrêtait à la taverne pour boire un pot, puis un autre, puis un autre, et son laquais devait le sortir de là, ronflant et suintant, en le tenant à bras-le-corps. Il prenait un coup pas mal fort. C'était là le plus grave des griefs que Belle nourrissait à son égard. Lui, de son côté, n'en avait qu'un seul, mais de taille : le manque de synchronicité. Belle avait seize ans au moment où l'endormitoire l'a prise et – toutes les variantes du conte concordent sur ce point – elle aurait fait une sieste de cent ans. Ce qui lui donne cent seize ans. Vous me suivez ? Le prince en avait dix-huit lorsqu'il s'est enfargé dans une patte du lit de Belle et lui est tombé dessus, monsieur Perrault a mis tout ça par écrit à la fin du règne de Louis XIV et il en parle comme si l'histoire s'était passée à son époque. D'après son texte, Belle Hautbois se serait assoupie avant 1696 pour ne s'éveiller qu'en 1796, dans une société tout imprégnée du modernisme d'alors. Elle ne faisait pas son âge, d'accord, mais elle était plutôt ancien régime, style collet monté, royaliste et clérical, et ses manières étaient douloureusement anachroniques – elle s'essuyait les doigts sur la nappe, ne dansait que le menuet et avait un accent à faire grincer des dents ; tout en elle offusqua ses beaux-parents, qui ne la trouvèrent même pas jolie, les critères de beauté ayant changé. On a beau dire que l'âge est sans importance pour ceux qui s'aiment, quand une femme a un mari plus jeune qu'elle, c'est mal vu, même de nos jours, alors imaginez à l'époque ! Bref, ce mariage fut infernal. La Nina, née vers 1799, se dévergonda avec un poète romantique allemand, ce qui fit tout un scandale, la Pinta était poilue comme une framboise et sotte à lier et la Santamaria voulut devenir chocolatière, au grand dam de son père, qui n'aimait que la bière, en fait, il s'était mis à boire pour noyer son chagrin, il devint un roi bourru avec une énorme bedaine.

Morale ? Je vous laisse le soin d'en chercher une.

J'ai hâte de vous retrouver. J'ai aussi hâte de retrouver votre père, mais comme j'ai renoncé à sa présence « réelle » depuis qu'il a quitté ma maison, il y a bien longtemps, je ne m'ennuie pas trop de lui.

Je vais aller me promener sur le fabuleux pont Galata avec le disciple de Zoroastre.

Bisous,

Votre grande Nana

P.-S. : Belle Hautbois avait une amie, une seule et pas très gentille, qui s'appelait Douleur Lancinante.

Montréal, mai. Retrouvailles. Quand je suis arrivée dans la cour de l'école, tu jouais à une sorte de soccer libre. Il y avait sur ton visage un tel plaisir amusé ! Tu poursuivais le ballon, qui a dévié vers moi, je l'ai bloqué du pied, tu m'as aperçue et t'es jeté dans mes bras. Nous nous sommes embrassés longtemps, longtemps.

Je vous ai rapporté de mon voyage un jeu de trictrac et des poupées russes – achetées à Paris. Et je vous ai beaucoup parlé d'Istanbul. Il y a des lieux dont on ne revient que très lentement. À toi, j'ai aussi parlé de monsieur Pamuk, dont j'ai découvert l'œuvre grâce à Céline ; juste avant mon départ, elle m'avait fait cadeau de son livre intitulé *Istanbul.* C'est un récit d'enfance avec des dessins de l'auteur, des fusains et quelques encres. Ils représentent tous Istanbul. Monsieur Pamuk la voyait sans aucune couleur et noire de la suie des bateaux vapeur qui sillonnent le Bosphore, il le dit dans son récit. Jeune, il se prenait pour Utrillo. Toi, pour qui te prends-tu quand tu dessines ? Probablement pour toi-même, par manque de références. Mais dans quelques années, vers l'adolescence, seras-tu F'Murr ou Chagall ? Ou Marcelle Ferron ? Moi, à l'époque où je faisais des croûtes, j'étais Modigliani.

Votre père a une blonde, c'est officiel. Il vous l'a présentée.

Nous jardinons. Debout dans l'escalier, Élise pleure avec entrain. Puis elle s'arrête net et contemple une toile d'araignée tissée entre deux marches. La beauté l'a saisie.

Nous avons dégagé la terre pour découvrir les pousses naissantes sous les feuilles de l'automne dernier. Tu as demandé où étaient les grosses fleurs porteuses de fourmis. J'avais oublié les pivoines ! Leurs tiges sont là, luisantes et rouges.

J'aime ces jeux d'extérieur ; nous y sommes ensemble, Élise, toi et moi. Votre vie à l'intérieur est plus compartimentée depuis que vous avez chacun votre chambre. Le dehors nous unit.

Cacouna, juin. J'ai planté un seringa et un sureau. Le sol d'ici est propice à l'épanouissement du sureau. Quant au seringa, c'est pour l'espoir.

Montréal, soir du 14 juin. Pour ses trois ans, Élise a reçu une famille de licornes en figurines. Je ne savais pas qu'elles vivaient en famille. Je ne savais même pas qu'elles se reproduisaient. De mon temps, la licorne était une créature aussi mystérieuse que le carcajou.

Nous nous sommes bien amusés pendant cette fête. Tu as construit une forteresse avec les roches, et du coup, Élise aussi. Elle a fait, avec les petits cailloux que je lui filais, un bel enclos bien rond. Caillou se dit *china* en espagnol, on trouve souvent ce mot dans les poèmes, la première fois que je l'ai entendu, c'est en écoutant Paco Ibañez chanter *Mi niña se fue a la mar*, vous avez le disque chez ton père, mais pour une prestation *live*, demande à la grand-tante Hermanita quand vous serez en Espagne cet été ; elle connaît toutes les chansons par cœur et elle chante juste.

Je prenais des photos sur la rue Mont-Royal, où l'incontournable vente de trottoir estivale sévit, quand je l'ai vu ; c'était d'abord une rumeur, devinée plutôt qu'entendue, puis sa voix m'est parvenue dans toute la rondeur du roulement de ses r, puis je l'ai eu de pied en cap dans ma mire : drapé dans un complet de fortrel jaune citron, le poète Jean-Paul avançait sur un chariot tiré par deux beaux esclaves torse nu, un Noir et un Blanc. Il récitait son interminable poème sur les lèvres. Voilà ce que j'aime de Montréal, dans le désordre des rues défoncées par les travaux ou barrées par les marchands, la poésie se faufile parfois et prend le haut du pavé. Je te lirai le poème de Jean-Paul, si tu veux. Ne le cherche pas dans la bibliothèque de ton père, c'est moi qui ai le livre et je le garde, car monsieur ton père n'est pas enclin à me remettre mes livres.

Après-midi moyenâgeux avec toi. À la fin, tu es devenu aussi gidouille que Jean sans Terre, foutant le bordel et ramassant mollement tes jouets. Pour accélérer, j'ai dit Puisque c'est comme ça, moi je suis Aliénor d'Aquitaine, la mère de Jean sans Terre, et tu sais ce qu'elle lui dit, sa mère ? Elle lui dit Magne-toi, Jean, viens souper, ton pâté chinois va refroidir !

C'était un coup déloyal. Je ne t'avais jamais parlé d'Aliénor avant ce jour.

Cacouna. J'entends une corne de brume sur le fleuve. Puis une autre, qui lui répond comme en écho. Il ne fait pas encore noir et déjà les chauves-souris tournoient au-dessus de la terrasse.

À la radio, on annonce la fin du blocus de Gaza par les Israéliens, le blocus de terre, mais la mer est toujours fermée aux navires qui pourraient apporter des provisions aux Gazaouis.

Montréal. Vous me manquiez. Je suis revenue le soir de la Saint-Jean. Les rues de la ville étaient désertes et je n'ai traversé aucune fête de quartier. Tu semblais t'être ennuyé, toi aussi, et tu as voulu venir dormir chez moi.

Dans l'auto, il y avait des livres à la traîne entre le siège d'Élise et le tien, il y en a toujours, ils sont en transhumance entre ma maison et des maisons amies ou la bibliothèque, ou le Puits du livre. Tu en as pris un pour « faire semblant de lire ». Tu me disais les lettres de la page couverture, je les répétais, et ainsi relayé par moi, tu as lu le titre : *Une histoire pour un royaume.* Puis tu ouvres le livre au centre, là où sont les reproductions couleur, et tu me les décris :

— Il y a un monsieur avec l'emblème de notre pays... (*tu hésites*) l'emblème de notre village, sur son habit.

— La fleur de lys.

— Non, c'est pas une fleur.

— C'est une fleur stylisée. C'était l'emblème des rois de France, autrefois. Autrefois, nous, on était Français.

Cette révélation ne t'impressionne pas. Tu passes à une autre image :

— Il y a une reine avec son bébé... (*tu tournes la page*) Un personnage fait le geste de demander et l'autre lui dit non.

— À quoi vois-tu qu'il dit non ?
— Il a un doigt en l'air.

À la maison, nous avons regardé ensemble ce livre. La vignette du doigt-en-l'air se lit comme suit : L'empereur byzantin se prosterne devant Dieu, mosaïque du xe siècle, église Sainte-Sophie. C'est donc Dieu* – plus précisément Jésus devenu grand – qui tend son index vers le ciel, mais pour toi, un doigt ne peut se lever qu'en signe d'interdiction ; tu regardes avec ta courte expérience. Ce flou polysémique alimente mes doutes sur l'existence d'un langage universel des gestes. Une autre reproduction montre une Vierge à l'enfant. Selon la vignette, il s'agit de la mère de Dieu, mais tu y vois une reine avec son bébé.

Tu ne fais aucun commentaire sur les auréoles dont tous ces personnages sont nimbés. Peut-être les prends-tu pour des couronnes mal dessinées, monsieur Prévert a déjà avancé que dans la scène du dernier banquet de Jésus, il s'agissait d'assiettes posées au mauvais endroit.

Avant de t'endormir, je t'ai lu un des *Contes bleus du chat perché*, non sans t'avoir dit que ces contes ont fait autrefois les délices de ton père et de la tante Mélissa. Je me demande si c'est pour ça que tu l'as aimé ou si tu l'as aimé pour ne pas me déplaire. Ou si ça t'est passé bien au-dessus de l'auréole.

Les jours se succèdent, immobiles et heureux. Pendant qu'Élise et votre amie d'en haut font de la soupe aux herbes sous le pommier, nous construisons un château, toi et moi. De temps en temps, la blonde de ton père sort sur le balcon, la louche à la main – elle fait de la vraie soupe –, vous la prenez à témoin de vos jeux, elle regarde, sourit, puis retourne à son chaudron. Moi, je l'appelle « la Douce », dans ma tête.

Nous avons continué de jouer à quatre, nous étions affairés et contents – eh oui, je dois écrire contents plutôt que contentes pour désigner trois entités féminines et un mâle. Quand nous sommes Élise, toi et moi, et bien qu'elle et moi soyons archi-féminines, il faut dire – et j'écris – nous étions affairés, satisfaits, heureux, rigolos, guillerets, vifs, forts, francs, blancs, tranchants, pantois, surpris, dolents, etcætera, plutôt que vives, fortes, franches, pantoises, etcætera… C'est pas de ta faute, ça vient de la structure de la langue française, qui veut que le genre masculin ait la prépondérance, mais ça m'embête à la longue, ça m'a toujours embêtée…

Nous n'allons pas réformer la langue cet été, mais je tenais à te faire part de mon agacement. Bon, c'est dit. Je n'en reparlerai plus.

J'ai assisté au concert de Diego, el Cigala, hier soir. L'Espagne venait de l'emporter au foot contre le Portugal et il y avait une ambiance du tonnerre dans la salle bourrée de tout ce que la ville comporte de vieilles Espagnoles encore ambulantes, de moins espagnoles comme moi et de plus jeunes. J'y suis allée seule, Céline étant à la mer. Je me suis fait une amie furtive, ma voisine d'accoudoir, seule elle aussi, l'air effacé d'une religieuse catholique en civil. On dépeint *el Cigala* comme une sorte de crooner du flamenco. Il est bien plus : il chante comme on danse, avec tout son corps, et son chant vient de l'intérieur et de loin. Entre les numéros, il boit du jus d'orange et essuie sa face de Jésus dans une serviette orangée, et on accepte cette pause un tantinet ridicule pendant laquelle les musiciens continuent de jouer comme si leurs mains s'attardaient sur leurs instruments et ne parvenaient pas à les laisser, une contrebasse, une guitare, un piano et un gars qui tape sur des caisses, un fichu de bon tapeur. À la fin, la salle scandait *¡Otra! ¡Otra! ¡Otra!* et j'étais debout avec les autres. Quel homme charmant! me dit la religieuse. On sentait qu'elle ne lui aurait pas fait mal, comme disent joliment les gens de mon époque, me suis-tu? Je te ferai entendre les disques d'el Cigala.

La nuit dernière, en mer Méditerranée, des soldats israéliens ont tiré sur un convoi de navires chargés de vivres et de médicaments pour les Palestiniens de la bande* de Gaza. Des gens sont morts, d'autres blessés.

juillet. C'est la canicule. Les gens et les animaux se meuvent péniblement. Pour aller à la piscine, nous avons parcouru la longue rue Masson confite dans sa poussière.

Aujourd'hui, tu as parlé de l'homme invisible. Ce personnage t'est revenu en mémoire. Tu sembles le situer quelque part entre Jésus et Cyrano de Bergerac. Oublie-le. Je l'ai congédié il y a un certain temps déjà. Il n'est plus mon ami et je ne me souviendrai certainement pas de lui le jour de tes noces.

Bon. Il y a bien un homme invisible, il y en a même quelques-uns. Des êtres de fiction. Qui vivent dans des livres. Celui de madame Proulx, par exemple. Ou celui de monsieur Desbiens, alias *The Invisible Man.* Ce livre est chez ton père, à qui je l'ai prêté. Je ne crois pas qu'il ait l'intention de me le remettre un jour. On a tort de vouloir partager ses extases.

Tu as fait quelque chose de peu gracieux et je t'ai grondé. Tu sais ce que tu es? ai-je dit, c'était une question purement rhétorique à laquelle j'allais répondre moi-même quand tu m'as devancée: Un sagouin? as-tu murmuré, le regard en dessous. Je suis partie à rire. Tu avais très exactement l'air d'un petit sagouin, à ce moment-là.

Les chicanes d'adultes sont compliquées, dis-tu. Je ne sais pas à qui tu penses, tes parents ne se sont jamais vraiment chicanés, je crois. Je t'ai dit que certains couples se prennent le bec tellement fort qu'ils en viennent à se lancer des assiettes par la tête. Tu m'as regardée d'un air dubitatif, comme si j'inventais une histoire de soucoupes volantes.

Quand je suis arrivée chez vous, tu voulais jouer à Jean sans Terre, tu t'en promettais, et ta sœur aussi, Moi aussi, sans Terre ! s'est-elle écriée en m'apercevant. Mais comme la figurine du personnage habite chez moi dans le tiroir aux jouets, je vous ai proposé de retourner à la piscine. On s'y est bien amusés, surtout qu'en revenant on s'arrête toujours à La Crémerie.

Puisque Jean sans Terre te manquait, voici un addendum à sa biographie :

Sans Terre est un surnom. Il s'appelait Plantagenêt, comme son papa. Ou King John. Excessivement querelleur, il a passé sa vie à conspirer pour devenir roi à la place de son frère Richard, dit Cœur de Lion, puis pour garder le trône, une fois couronné. Son adversaire préféré était Philippe Capet, chef des Français, mais Phil était le plus fort parce qu'il avait de son côté le pape, le super King européen d'alors, qui tenait tous les roisillons* dans sa grosse main aux doigts boudinés. Mais ça, c'est une autre histoire. Jean est mort de causes mystérieuses peu de temps après avoir fui devant l'armée du fils de Phil. Il avait alors 49 ans et il était intact, il n'avait perdu ni ses yeux, ni ses pieds, ni ses mains, ni même un ongle, rien. Il a eu de la chance, car en ce temps-là, les rois allaient sur les champs de bataille avec leurs soldats et ils en revenaient pleins de balafres et même pire, rappelle-toi le roi Renaud portant ses tripes dans ses mains, les tripes ne sont pas portatives, mieux vaut les garder à l'intérieur de soi. Où veux-je en venir avec ça ? À cette conclusion partielle, dont nous nous contenterons aujourd'hui : Jean sans Terre était un voyou qui a beaucoup fait honte à sa maman. Mais dans notre mythologie, par une mutation glorieuse, il représente tous les dépossédés de la Terre, qu'ils soient paysans, exilés ou tout simplement pauvres.

Cacouna. Quelqu'un est entré dans la maison. Il n'a rien brisé, mais des objets ont été déplacés. Est-ce un voleur ? Il n'y a rien à voler ici, ma télé date du précambrien.

T'ai-je dit que les mauves se ferment le soir ? Il y en a partout dans la cour. Dès que la lumière s'atténue, elles se recroquevillent jusqu'à devenir de simples points clairs dans le vert sombre de l'herbe.

nuit. La trappe du plafond de la chambre d'en haut a été ouverte. Le voleur est donc allé jusque-là.

Je me rappelle maintenant : l'oncle Cyrille sait où je cache la clé de la maison. Tu te souviens de Cyrille ? C'est celui qui a été absent de Cacouna pendant cinquante-trois ans. On le croyait disparu dans l'Ouest canadien, blessé ou mort, ou prisonnier des Doukhobors, et l'été de la mort de ton grand-père maternel, il s'est rematérialisé ici, dans la cour, avec sa roulotte. Depuis, il revient tous les deux ans. Je n'ai pas noté son dernier passage dans ce journal car je ne croyais pas qu'il fît partie de ton histoire. Mais ce survenant se trouve à être ton arrière-grand-oncle, ton plus vieil aïeul de mon côté et le seul de sa génération encore vivant. Si c'est lui qui a fouillé dans le grenier, que pouvait-il y chercher ? Un magot ? Des lettres d'amour ? Qu'il aurait cachées avant de s'exiler dans l'Ouest ? Mais à l'époque, il savait à peine lire, ayant été retiré de l'école à coups de pieds dans le cul par son propre père, il le dit à qui veut l'entendre. Mystère.

Il y a des jaseurs des cèdres sur la route de la grève. De loin, on dirait de banals passereaux, mais dans les jumelles, on voit qu'ils ont une houppe et que leur tête bouge comme un périscope, et leur plumage, brun-roux, tout en nuances et dégradés, a l'air moelleux.

C'est bien l'oncle Cyrille qui est entré ici, mon voisin me l'a confirmé, Cyrille s'est arrêté chez lui en passant, il a bien connu ses parents et frères aînés, à la campagne, tout le monde se connaît. Il repassera.

soir. Aujourd'hui, je cherchais quelque chose dans l'ordinateur, mais comme je mets tout dans le même dossier nommé « turpitudes », mes recherches sont souvent laborieuses. J'allais abandonner quand j'ai remarqué un dossier « message d'Émile ». Ça ne me disait rien. Je l'ai ouvert et j'ai entendu ta voix : … demain, si tu es disponible, est-ce qu'on pourrait aller faire du vélo ? *Silence.* On irait juste un peu plus loin que d'habitude… Je me souviens maintenant, c'est ton message du printemps dernier. Quels bonheurs vous me faites, ta sœur et toi !

Ce dossier a été créé par ton père : quand il m'aide à me démêler avec l'ordinateur, après m'avoir réexpliqué sur quelles touches je dois peser pour que l'engin de malheur fonctionne, il y glisse parfois des surprises, de la musique ou des mots doux.

Pas de nouvelles de l'oncle farfouilleur, mais le menuisier distrait et sa femme m'ont gratifiée d'une visite. Ils revenaient de leur datcha gaspésienne. Le petit prince n'était pas là, ils l'avaient laissé chez la reine mère, qui habite dans les environs de la les soins amoureux de mon grand-père et de ses fils, dans un alambic gardé au creux de la montagne, là où on ne pouvait accéder que par un mauvais chemin dans lequel jamais les chevaux de la police montée n'osèrent poser le sabot, mijotait la dive boisson. *Bootlegger* était un des innombrables métiers de mon grand-père.

soir. Il n'y a que des mouettes sur le fleuve. Je méprise les mouettes depuis que je les associe à la malbouffe des restos-poubelles. Avant, je les aimais sans penser qu'elles sont des charognards. Quand on aime, il y a des choses qu'on ne voit pas.

Je crois que l'alambic a pour l'oncle Cyrille une valeur sentimentale ; il aimerait retrouver des traces de son enfance. Le premier été qu'il est venu ici, j'étais partie cueillir des bleuets à la Pointe-à-Tobie. En m'attendant, il a pris son sentier d'autrefois à travers la montagne, quand il allait chercher les vaches, et il est tombé sur le site d'enfouissement. Quelle déconfiture ! Un moment d'inattention – cinquante-trois ans, ce n'est rien à l'échelle tellurique –, et hop, on te traficote la terre que tes aïeux ont faite de leurs mains.

Les mineurs chiliens sont toujours vivants. On leur envoie des vivres par une sorte de tuyau et on creuse pour les sortir du trou. On creuse.

Vous revenez d'Espagne dans trois jours.

LE CHEVREUIL DE L'AUBE

Montréal, le 30 août. Pour ton anniversaire, ta mère a organisé une « chasse à l'homme » au parc Joyce avec plein de copains de ton âge et d'adultes restés jeunes dans leur tête. Il paraît que ça a été chouette. Moi, j'étais à Cacouna, mais aujourd'hui, vous êtes venus chez moi pour ta fausse fête. Vous avez fait des bulles sur le balcon et, avant de partir, vous avez pris un bain, Élise et toi, pas pour vous laver, non, simplement pour jouer dans l'eau. Vous avez raison d'en profiter ; il est rare qu'on puisse prendre son bain chez les gens qui nous invitent à souper.

Je dois cependant faire une remarque sur ton comportement de gidouille, et d'abord, une remise en situation : je t'ai donné un appareil photo. Oui, je sais, il est idiot de donner un tel outil à un enfant de six ans, mais c'est pas de moi qu'il s'agit ici. Tu as été ravi de ce cadeau somptuaire et scié, en quelque sorte, et tu as dit : Je sais de quoi j'aurai besoin maintenant, d'un étui pour la caméra. Ça m'a sciée à mon tour. C'est pas ton genre, ça, Émile…

Cher petit môme ordinaire, sache qu'il est totalement incorrect de réclamer un cadeau quand on t'en offre un, cet autre cadeau fût-il le complément du premier. L'étiquette en matière de présents est rigoureuse et sans pardon, je te renvoie à l'*Essai sur le don* de monsieur Mauss, tu trouveras ce livre en bonne place dans la bibliothèque paternelle.

Malgré cet impair, je t'aime, bien sûr. Et je t'aime d'autant plus que je t'élève, à l'occasion, quand je te prends en flagrant délit de muflerie naissante.

septembre. C'est la saison des pommes et des cahiers neufs. Vous avez pris un coup de vieux, Élise et toi. Tu es en première année, et l'autre jour, tu m'as annoncé, de l'air de celui qui va toucher le Saint Graal : Demain, on commence les maths ! Miam, miam ! Quant à Élise, elle fréquente maintenant ta garderie ; vous êtes logés à la même enseigne et cette année, une fois ou deux par semaine, j'irai vous chercher après la classe. J'entre donc à la garderie pour prendre Élise en premier et, comme dans l'enfance de votre père, je croise la même figure tutélaire, une forte femme dont le rire et la placidité sont à toute épreuve. Elle est l'ange de la sérénité.

Les Uessa retirent leurs troupes d'Irak. Ils y laissent tout de même cinquante mille soldats. Cinquante mille ! Ils disent que c'est pour *former* les Irakiens.

Élise a une double vie. Dès qu'elle revient à la maison, elle quitte ses habits de ville – qui ne sont qu'un déguisement lui permettant de passer inaperçue à la garderie – pour revêtir son vrai linge : sa robe de princesse, sa couronne de princesse et ses souliers à talons hauts en plastique. Aujourd'hui, je lui ai proposé de faire les sept nains de Blanche-Neige, mais elle préférait que je sois le prince, Les nains sont invisibles, a-t-elle dit. J'ai donc mis ma casquette pailletée et ceint mon sabre de caoutchouc. Ainsi est né le prince Gaspacho. Je m'apprêtais à réveiller la princesse d'un baiser quand elle m'a conviée à prendre le thé. Elle a mis sa théière de porcelaine dans son four, puis a versé le thé – invisible – dans de minuscules tasses. Pendant ce temps-là, tu nous préparais une collation à la cuisine, où tu m'avais suppliée de te laisser seul. J'ai dit Tu ne touches pas aux couteaux, Émile, ni aux ciseaux ! Non, non, as-tu répondu. Après de longues minutes, tu nous as rejointes au salon de thé avec des fruits fraîchement coupés. Tu n'écoutes pas, petit sagouin. Les fruits étaient délicieux.

Je viens de recevoir votre carte postale d'Espagne. Photo d'un autel baroque surmonté d'une pietà tout aussi baroque : dans un mouvement de douleur et de compassion, la maman du grand Jésus incline la tête vers le cadavre amoché de son fils. Le sculpteur, ne craignant pas de défier les lois de la gravité, a mis dans le même axe l'énorme couronne et l'auréole de la Vierge. Le tout est résolument kitsch. Distraction de votre père ou humour sournois ? C'est peut-être Élise et toi qui avez choisi cette image patibulaire, du moins, vous l'avez vue. Je me demande ce qu'elle peut signifier pour vous… Un jour, il faudra que je vous raconte la vie de Jésus telle qu'on la colportait dans les chaumières à l'époque de Jean sans Terre.

À l'école, tu travailles à un *projet* sur le loup. L'an dernier, tu as fait le dauphin. Combien de mammifères passeront ainsi sous ta loupe de chercheur ?

beau dimanche. Vous avez grimpé dans le pommier. Toi, très haut, et ta sœur beaucoup plus haut qu'une personne de son âge ne le fait normalement, surtout qu'elle avait son costume de princesse, sauf les souliers, je lui ai interdit les talons hauts, Les princesses vont pieds nus dans les arbres, ai-je dit. Je ne crois pas que vous ayez le droit de grimper dans le pommier sans la proximité des gros bras de votre papa, mais il était au café Miel.

À mon départ, vous m'avez serrée très fort; vous appréciez nos jeux interdits.

On nous dit à la radio que des soldats uessiens ont tué des civils afghans. Pour rien. Pour se distraire. À la guerre, en principe, on ne tue pas les civils: les militaires sont là pour ça. Pour être tués. Et pour tuer. Mais à ce jeu, il n'est pas rare que l'âme s'affole ou se gangrène, et alors la conduite devient erratique… Le quotidien des Afghans n'a pas grand-chose à voir avec le tien, le nôtre à Montréal dans les embouteillages et sur la rue Masson, nos repas partagés, nos menus déboires, nos rêves, nos joies. Nous vivons dans un confort douillet et les Afghans, en pleine barbarie.

Peut-on juger une époque sur ses atrocités? Le Caravage a peint ses tableaux au temps de l'Inquisition, pendant qu'on torturait des gens. Mais on torture encore de nos jours. Je ne te parle jamais de ça, c'est pas vrai qu'on peut tout dire aux enfants, il y a des scènes qu'on escamote et des gestes qu'on tait parce qu'on est gêné pour ceux qui les font et pour soi-même. Et le Caravage est un mauvais exemple; tout est violent dans ses toiles, même leur beauté.

Au théâtre, hier soir, il y avait le seizième président des Uessa, immobile dans une sorte de trône plébéien. Sa figure cireuse se décomposait sous nos yeux pendant que de merveilleux clowns discutaient. Nous fûmes transportés d'une «émotion esthétique», comme dit l'auteur de la pièce. En tout cas, je le fus.

Esthétique ne signifie pas vide. Ni superficiel. L'art prend racine dans la vie. Cette pièce, par exemple, nous renvoie aux sentiments ambigus des Québécois envers les Uessa. Et monsieur Gouin, quand il se consume comme ce soir-là, ce n'est pas seulement par la parfaite maîtrise d'une technique de jeu; il faut bien qu'il y entre du cœur.

Depuis quelques jours, tu n'as qu'une expression à la bouche, *My God!* Je t'ai demandé ce que ça voulait dire. Ça veut dire… oh là là? as-tu répondu en faisant des yeux de sagouin qui doute. C'est bien ce que je pensais: tu es sans malice et ne connais ni Dieu ni diable.

Cacouna. Chaque matin, en me levant, je vérifie que tout ici est en place, les champs, l'île, le fleuve et le pommier de la cour.

Le bonheur, c'est d'avoir un pommier et le loisir de regarder les saisons le travailler. Je te dis parfois que nous sommes chanceux. C'est à ça que je pense alors, aux pommiers. Le tien à Montréal, le mien ici.

Montréal. Dans l'auto, tu trouves des BD en attente de leur retour à la bibliothèque. Tu en ouvres une et me demandes pourquoi les personnages sont nus. Ils sont nus parce qu'ils font l'amour, dis-je, dans les pages suivantes, ils vont se rhabiller. Mais tu as refermé le livre. Long silence, puis tu déclares: La queue du paon est beaucoup plus longue que son corps, au moins seize fois plus. À notre arrivée, je constate que tu es revenu à ton bon vieux Webster, ouvert à la page du *peacock;* on y voit le dessin d'un paon, toutes plumes dehors. Cette exhibition te plaît. Celle de la BD t'a un peu troublé, je crois. Tu as bien fait de passer outre. Voilà ce qui est merveilleux dans l'apprentissage des mammifères – et particulièrement chez le petit de l'homme: quand il n'est pas mûr pour une chose, il l'écarte.

Tout de même, il faudra que je surveille ce qui traîne dans le char.

Vous m'avez conviée à ce que vous appelez une soirée de cinéma maison. Ça consiste à visionner un film pour enfants tous empilés sur le même divan ; Élise est assise sur ton père, toi sur moi et la chatte Gadelle sur les épaules de ton père – la Douce n'est pas là, elle travaille. L'héroïne du film a des pouvoirs surhumains, et bien qu'aveugle, elle vainc tous les méchants. Ça ne m'intéresse pas vraiment, je ne suis avec vous que de corps et je révise mentalement ma liste des priorités, mais soudain, mon corps est tout entier dans ma main droite, posée sur le dos du divan : les yeux rivés sur l'écran, tu joues avec cette main, que je trouve outrageusement ridée et veineuse. Je me souviens alors de cet étudiant qui m'a raconté un jour comment il aimait sa grand-mère et le plaisir qu'il prenait à palper la peau alanguie de ses vieux bras.

Je suis devenue cette grand-mère. Ma peau ne coïncide plus avec mes muscles. Mais toi, tu m'aimes comme je suis.

Cacouna, octobre. Le voleur est revenu en mon absence. Il s'agit vraisemblablement d'un mâle : il y a, dans sa façon de laisser des traces de la cendre de sa cigarette, quelque chose de typiquement masculin, soit dit sans vouloir t'offenser, de toute façon, tu ne fumes pas. L'individu a fouillé dans mes armoires et bu une bière. J'ai trouvé la bouteille vide sur ma table de chevet. Au fond de la bouteille flottait un mégot. Visite pour visite, j'aurais préféré celle de Boucles d'or, bien que je n'aime pas les blondes.

Mon lecteur CD a disparu. Nous sommes donc en présence d'un authentique voleur.

Montréal. J'ai fermé la maison de Cacouna pour l'hiver. En revenant, sur la route, il y avait des vols d'outardes très haut dans le ciel. Au dixième, j'ai cessé de les compter.

Je suis allée vous garder, mais tu n'étais pas là ; un ami t'avait invité à dormir chez lui. Tu t'émancipes.

Élise m'a demandé de lui lire *La fée Clochette* puis *Alice au pays des merveilles.* J'ai étiré l'épisode du chapelier fou et du lièvre de mars et elle a été ravie de rencontrer des personnages qui prennent le thé.

congé de l'Action de grâce. Il faisait doux. Nous avons jardiné à l'avant de la maison, au soleil. Les passantes s'arrêtent pour vous admirer, Élise et toi, et me demandent si vous êtes jumeaux… Nous avons ramassé les feuilles et creusé un lac. Avec un caillou, j'ai écrit le mot bobo sur une ardoise. Pourquoi t'as écrit bobo ? as-tu demandé. Je t'ai répondu par une pirouette. En fait, je voulais savoir où tu en es dans l'apprentissage de la lecture. J'ai confiance en ton école, mais je les ai à l'œil ; du temps de ton père, ils avaient une conception ultra relaxe de la transmission des connaissances, leur truc, c'était plutôt l'exploration.

Après le jardin, je vous ai lu *La belle et la bête* en espagnol en traduisant à mesure. Je ne connaissais ce conte que par le beau vieux film de monsieur Cocteau et ne me souvenais pas de l'avoir déjà lu. J'ai dit Je pense qu'aucun de nous trois ne connaissait cette histoire. — En tout cas, pas dans cette version-là, as-tu ajouté. J'aime ton ouverture aux flexions de la fable.

L'information nous parvient maintenant : les soldats de l'armée canadienne, nos petits soldats, se suicident au front, dans le non-sens des attaques de populations qui ne nous ont rien fait. On nous révèle aussi que leurs blessures sont souvent des amputations…

Il y a quelques années, j'ai vu un reportage télé sur un soldat canadien-québécois revenu d'Afghanistan avec un pied en moins. Il n'a pas supporté ce manque. Il s'est donné la mort.

J'ai toujours pensé que le soldat de plomb du conte était né avec ses deux jambes et qu'il en avait perdu une à la guerre.

Les mineurs chiliens sont sortis du trou, comme aspirés par la lumière du jour. Mais ils sont enfirouapés par une tourmente médiatique. Ceci est une illustration de la vieille formule homérique « tomber de Charybde en Scylla ».

Sur un grand carton, tu as dessiné un décor dans lequel tu fais évoluer des personnages en plastique : le roi, la reine, le fou et le nobody, c'est moi qui l'appelle comme ça, ne parvenant pas à l'identifier. Le fou donne des cadeaux aux autres, et alors, ils entrèrent sur la pointe des pieds et déballirent leurs cadeaux, dis-tu.

Le passé simple est entré dans ta vie de locuteur ! Le beau temps du récit. Une grande Nana de mon genre ne peut que s'en réjouir.

Tu disposes ta ménagerie sur le plancher. Élise fait tomber quelques animaux en passant – elle mesure mal son envergure quand elle porte sa crinoline de princesse.

— C'est chiant de se faire déplacer ses animals, dis-tu.

—T'as le droit de dire ça, chiant ?

Tu esquisses ton petit sourire intérieur :

— Pas vraiment.

retour de l'école. Nous sommes dans l'intimité de l'auto, mais par ma vitre baissée, un *squeedgee* me brandit un verre de carton Tim Hortons en guise de sébile. Je lui dis Non merci, et je monte la vitre. J'ajoute, pour moi-même : Il est pauvre. Toi : Il a un *skate,* ça coûte cher, un *skate.*

Je vous ai épargné un discours sur l'arbitraire des prix des marchandises. D'ailleurs, je ne vous parle jamais d'argent, je trouve que ça fait pingre et petit-bourgeois, ne me demande pas ce qu'est un petit-bourgeois. L'autre jour, à ce propos, j'ai eu avec Céline une discussion qui a duré tout le souper, nous étions au resto à dépenser notre argent de petites-bourgeoises.

Hier, tu avais invité ton copain Manfred. Vous avez joué avec des petits bonhommes en faisant force bruits de bouche pour les attaques. Je vous entendais de la chambre d'Élise, où j'étais le prince Gaspacho prisonnier d'un sortilège et elle, la princesse Mañana. À la fin, nous nous sommes attablés tous les quatre dans la cuisine dans l'attente du souper et j'ai constaté que ton vocabulaire s'est encore enrichi. Vous aviez vos figurines, Manfred et toi – je suppose que ce sont des *transformers.* Le tien a de longues épées au bout des bras. Tu as dit qu'il faisait un *fuck you* avec sa main. Je t'ai demandé de faire un *fuck you* sans ta figurine. Tu as brandi l'index. Toujours soucieuse de la clarté des signes, je t'ai montré le bon doigt du *fuck you.* Pas d'approximations, mon gaillard ! Tout à ses escalopes, ton père n'a pas commenté. Il se dit peut-être que mon temps contact avec vous est somme toute négligeable et ma mauvaise influence restreinte.

novembre. Conversation de char. Nous parlons mythologie. Tu avances que le Minotaure pourrait être le cousin du diable, parce que les deux sont les enfants d'un humain et d'un animal. Ils n'appartiennent pas à la même mythologie, dis-je. Tu trouves mon argument spécieux. Tu connais le Minotaure par les récits de l'éducateur Jojo et le diable pour avoir passé l'Halloween vêtu d'un costume de diable.

— Et les anges, qui sont-ce ?

Tu n'as aucun doute là-dessus :

— Les anges sont des gens qui sont morts.

Le Canada a enfin signé la Déclaration des droits des autochtones. Mettre sa signature au bas d'un document revient à l'approuver et à faire sien tout ce qu'il contient, y compris les promesses. Et la Déclaration est pleine de promesses pour les Premières Nations. C'est le grand-père de Wigwam qui va être content. S'il croit encore au Canada, bien sûr.

Tu as fait des animaux en plasticine. Dans le transport de l'école vers la maison, Élise accroche le carton où tu les as mis et les piétine. Petit chagrin. Tu ne manges pas la clémentine qui t'attend dans l'auto, tu ne touches pas non plus aux abricots. Je te promets que nous allons remodeler les animaux, chez toi. Mais chez toi, il n'y a plus de plasticine. Vous laissant à la surveillance de votre père, je pars en acheter à la pharmacie Fourre-Tout. Il n'y en a pas. Je vais au magasin de jouets de la rue Masson ; le magasin n'existe plus. Je reviens les mains vides en pensant au poème de madame Hébert, *Petit désespoir :* « La rivière a pris les îles que j'aimais / [...] Mon cœur est rompu / L'instant ne le porte plus. »

Au cours de mon grand ménage d'automne, je suis tombée nez à nez avec la figurine de Jean sans Terre tapie dans les replis d'un divan. Ce personnage est sorti de ta vie. Je ne crois pas qu'on te parle de lui à l'école, ni à la télé, et faute de renforcements, tu le délaisses pour les *transformers.* Plus tard, quand tu le retrouveras dans un cours d'histoire ou en piochant sur l'ordinateur, tu auras peut-être le vague souvenir d'un triste sire pas très brillant.

Nos engouements sont brefs.

décembre. Première tempête de neige de la saison. Le char avance lentement dans la poudrerie. Il fait trop noir pour lire et tu comptes les minutes. Tu crains que le souper soit prêt à notre arrivée et que nous n'ayons pas le temps de jouer. Je te rassure : ton père est sans doute pris dans la tempête, lui aussi, et il sera en retard. Tu ne me crois pas : ton père entravé par les forces de la nature ? C'est inconcevable… Élise met à profit ce temps pour me demander si je sais coudre. Oui, je sais coudre. Mais je ne couds qu'en cas d'extrême nécessité, lorsque je suis en expédition au pôle Sud. Par exemple. De fil en aiguille, elle m'apprend que son éléphant rose, cadeau de la tante Mélissa, est blessé-brisé à la gorge. Voilà un cas d'extrême nécessité. Je m'engage donc à réparer l'éléphant le soir même. Faut pas lui toucher l'arrosoir, précise-t-elle.

La tempête dure toujours. La cour d'école est pleine de petits moucs qui se roulent dans la neige et je te cherche dans le tas, vous avez tous la même taille et vous bougez comme des toupies folles tournaillant dans tous les sens, il faudrait que je mette mes lunettes et ça m'horripile…

plus tard. Les autos circulent très lentement et tu comptes les minutes ; tu as hâte d'arriver chez moi pour manger le poulet et les sorbets.

encore plus tard. Tu as été impressionné par mes dessins d'animaux, scotchés au mur du salon. Tu as voulu en faire autant. Je t'ai installé devant le chevalet. Pendant ce temps-là, Élise enfile tous les colliers et tous les bracelets de mon coffre à trésors. C'est sa période rococo. Pour le reste, vous étiez plutôt « mômes ordinaires ».

Une volée d'oies traverse le ciel en direction du sud-ouest. Comment, pas encore parties dans les pays chauds ? Céline dit que parfois elles attendent une oie blessée pour faire le voyage. C'est son amoureux qui lui raconte ces choses.

Ce sont les grandes marées et, dans le Bas-Saint-Laurent, les vagues ont emporté des maisons construites sur les battures. J'espère que la nôtre a été protégée par l'île.

Un contingent de soldats canadiens vient de s'embarquer pour la dernière mission offensive en Afghanistan. Après, il paraît qu'ils iront là-bas seulement pour aider.

Souvent, quand j'écris ce journal, des animaux me trottent dans la tête. Ce sont des êtres de langage, des animots. Depuis quelques jours, je caressais le projet de faire un bestiaire pour Élise et toi. Je suis donc allée voir une artiste de ma connaissance qui illustre des livres pour enfants. J'aurais aimé inventer le bestiaire avec elle… C'est non. Elle ne l'a pas dit comme ça, mais ça revient à ça : les livres coûtent cher à imprimer, on en produit de moins en moins, ici, au Québec, et blablabla. Bref, publier un livre de ce genre – plein d'images – demande beaucoup d'argent et d'énergie. De la combativité. De la pugnacité, même.

Je suis déçue.

Je vais mettre ce projet sur la glace.

Cirque avec Céline. Plein de numéros extravagants, entre autres celui du poète qui pêche ses idées de poèmes dans la rivière et le plus chouette duel que j'aie jamais vu, avec des poires à eau jaillissant de partout, les comparses s'éclaboussent à qui mieux mieux, on rit et on se sent bien. Dans ce spectacle, il y avait le garçon à la boule de cristal qui se promenait l'autre hiver dans le métro.

Tu as perdu deux dents. Tu les as mises sous ton oreiller, et le lendemain, tu as trouvé à leur place deux pièces de monnaie, des ours polaires. Du temps de ton père, c'étaient des voiliers, qui valent beaucoup moins, et de mon temps, la fée des dents n'existait pas. Les ours ne t'ont pas consolé et tu te caches la bouche avec ta main pour rire, comme les femmes de culture arabe quand elles poussent leurs youyous. Je n'avais jamais pensé que la chute des dents de lait puisse être humiliante, je ne me souviens pas de cet épisode de mon enfance, ni de celle de ton père. Mais c'est bel et bien une perte. Petite répétition pour la chute finale des ornements et accessoires corporels, cheveux, dents, libido, dignité, alouette...

Rassure-toi : tu es à l'âge des acquisitions et tu auras bientôt de belles incisives de jeune loup.

On dessine. Tu transformes un kinkajou raté en animal imaginaire. Ce qui est bien avec les animals imaginaires, dis-tu, c'est qu'on peut pas se tromper.

Je ne suis pas entièrement d'accord avec toi. Par exemple, quand on invente une histoire, il faut inventer juste. Vois-tu ce que je veux dire ?

Autre chose : c'est toi qui trouves raté ton kinkajou. Tu es sévère envers toi-même.

Pour les fêtes, vous allez dans le sud avec votre mère, son copain, les enfants du copain et d'autres entités remuantes. On a donc célébré aujourd'hui le faux Noël, chez moi. Après le repas, on a joué à saute-mouton, dans ta version, plutôt byzantine – je crois que tu l'inventais à mesure –, il fallait marcher à quatre pattes, sous ta houlette, et brouter dans des prés trop étroits pour nos gros corps, puis on a joué à la cachette, tu grimpes sur la plus haute tablette de la garde-robe, Élise se planque n'importe où, pourvu qu'un adulte lui tienne la main et qu'elle ne soit pas seule dans le noir, et moi, je me glisse derrière le divan écru qui a l'air d'un cachalot échoué. Étendue à l'ombre du cachalot, je laisse passer le temps. J'entends la Douce compter jusqu'à soixante avec Élise. Elle a une voix mélodieuse et chaude, et pendant cette minute-là, je suis violemment heureuse. Mon bonheur, c'est d'être avec vous.

À votre retour, on fêtera les Rois autour d'une galette que personne n'aime vraiment, mais ton père dit qu'un gâteau des Rois n'a pas à être bon.

J'ai vu le président Obama à la télé. Son équipe vient de remporter une victoire sur le clan adverse, à l'interne, mais il a l'air fatigué.

La victoire, c'est que les Uessa vont détruire des bombes nucléaires plutôt que d'en asperger leurs ennemis.

Journées mornes en votre absence. Place Émilie-Gamelin, je m'attarde devant des lumières rouges posées sur le sol en rangées régulières. Un homme, qui me regarde regarder cette installation, me glisse : « C'est les tombes des soldats morts à la guerre. » Et il se met à déblatérer contre le gouvernement canadien. « On n'a pas d'affaire en Afghanistan, dit-il, c'est des enfants qu'on envoie se faire tuer. » Il semble avoir besoin d'exprimer son amertume. Je l'écoute. Il a déjà été soldat, à Chypre, durant quatre ans, il en a conservé des séquelles et ne peut plus travailler. Je m'éloigne de lui, puis me retourne : il marche vers un autre témoin de son naufrage personnel. Je regarde à nouveau la place Émilie-Gamelin ; elle est devenue un champ de mort et je pense au cimetière marin du film de monsieur Bélanger, *Route 132*.

De retour chez moi, je me suis fait du cinéma maison avec des valeurs sûres ; j'ai revu le film de monsieur Forcier intitulé *Je me souviens*, d'après la devise du Québec, puis celui de monsieur Leclerc, qui parle aussi de la mémoire.

J'aimerais que tu connaisses ces films. Je ne te dis pas de les regarder dès ton retour, rien ne presse, surtout pour *Je me souviens*, car certains gestes des personnages de cette histoire pourraient te sembler dégoûtants – cela concerne la sexualité, laquelle est encore frileuse chez les gens de ton âge. Mais c'est une belle fable sur l'identité québécoise que monsieur Forcier a écrite là.

solstice. Les animots que j'ai dans la tête me poursuivent. Ça piaffe et ça se faufile entre les mots et mes pensées. Il y a le saligaud des marais, la dondaine, la barbiturique, le torticolis, le tapinois et plusieurs autres, un défilé de carnaval. J'ai le goût de te demander de les dessiner.

Mais le voudras-tu ?

Si tu dis oui, Élise voudra faire comme toi, et nous en aurons plein les murs.

Nous commencerons par le fameux joual vert*.

janvier 2011. Vous êtes revenus bronzés, juste assez. Pour célébrer les Rois, on a joué à la cachette, mais pas longtemps, on avait les cadeaux à déballer et le gâteau à manger. Tu aimes ce gâteau à cause de ses noyaux. Je suis chanceux, je trouve toujours un noyau, dis-tu. C'est la veine de la petite enfance.

Depuis le début de l'année scolaire, quand nous tournons le coin du boulevard Rosemont, vous tentez toujours de me convaincre d'arrêter à l'animalerie. Juste pour voir, s'il te plaît ! J'ai toujours passé outre, les conditions favorables à cette activité n'étant pas réunies. Mais aujourd'hui, nous avions le temps et une place où caser le char, – il faisait un vent cruel, mais si on attend de réunir toutes les conditions gagnantes, il y a des choses qu'on ne fera jamais. Nous sommes donc entrés dans la boutique tant désirée. Elle était négligée, à tendance minable. La patronne nous a appris qu'un chihuahua coûte 700 dollars. Que d'argent pour une bête si laide !

Visite décevante, qui n'a fait qu'amplifier votre désir de retourner au Biodôme.

Naissance de ta cousine numéro deux.

Dans la ville de Brisbane, en Australie, il y a des requins dans les rues. Des vrais. En chair et en arêtes. Une grande partie de ce pays est inondée.

Aller vous chercher à l'école est une chasse au trésor pleine d'obstacles et de formalités. Mettre le gilet, le manteau, le foulard, le chapeau, les bottes, ne pas oublier les clés, les gants et le permis de conduire, barrer la porte, puis l'autre porte, mettre les gants, fermer la bouche pour ne pas avaler l'air froid, débusquer la pelle et le grattoir dans le fouillis de la valise, déneiger le char, déglacer le char, chausser les lunettes de conduite, se souvenir des embûches du parcours – quels nouveaux chantiers auront poussé depuis la veille ? –, contourner les chantiers, dénicher un espace où laisser le char, te chercher dans l'école – vous n'êtes jamais dans la même salle, ce serait trop simple pour les parents –, t'aider à mettre bottes, manteau et foulard, se coltiner l'énorme sac à dos, la boîte à lunch, le bricolage de la journée, les mitaines et la tuque, signer le registre des parents ravisseurs d'enfants, puis recommencer à la garderie, avec quelques variantes : zigonner pour découvrir le mot de passe ouvrant la porte, hier, c'était pousse la bobinette, mais zut, ça marche pas, ils l'ont encore changé, c'est tire la barbichette ? la Bobette ?

Ginette? Pirouette? cacahuète? Sésame, ouvre-toi? Sésame, tasse-toi? Sésame, tu veux une baffe? Et ici, exaspérée, je lance un mot de type tabarnak. Inopérant. Essaie donc un, deux, trois, go, suggères-tu. Victoire! Ça marche! Nous voilà dans l'antre aux petits trésors, ne reste plus qu'à deviner Élise parmi les autres – j'ai laissé mes lunettes dans le char, et de loin, toutes les frimousses se ressemblent –, faire passer Élise de son occupation du moment à l'opération Je mets ma bougrine et on se tire d'ici, lui demander de saluer la compagnie avant de partir, atteindre le vestiaire en dépit des jeux qui vous sollicitent, trouver le manteau, la tuque, les mitaines, mises à sécher sur le calorifère, le foulard, les bottes d'Élise, l'emmitoufler dans ces oripeaux, enlever les bottes pour retourner sur nos pas à la recherche du toutou oublié, te demander de remettre ton manteau, que tu as ôté entre-temps parce que tu crevais de chaleur, zipper les manteaux, mettre les mitaines, marcher dans la neige et le vent jusqu'au char – sans contravention, brave bête qui s'aplatit dans son banc de neige à l'approche du poseur de tickets –, vous attacher à vos fauteuils, chercher les clés tombées sur le plancher dans la slotche et les pelures de clémentines de la veille, me boucler à mon siège, remettre les lunettes et démarrer juste avant que le poseur de tickets ne nous atteigne... Parfois écouter un disque, Fred Pellerin ou du fado, mais la plupart du temps, simplement vous écouter gazouiller et raconter votre journée. Le bonheur, quoi. Tous ces petits gestes pour le plaisir d'être dans le même espace-temps que vous, dans l'odeur des clémentines et des abricots.

Je prétends toujours que je vais vous chercher à l'école pour que votre père n'ait pas à se précipiter après son travail. Mais personne n'est dupe, on sait bien que je le fais d'abord pour moi. L'intérêt personnel dicte la plupart de nos actes, dit Céline.

À Seattle, Uessa, les policiers ont tiré sur un itinérant qu'ils connaissaient bien. L'homme était sculpteur sur bois et sourd. Un policier l'interpelle. L'homme n'arrête pas, il n'a pas entendu. Le policier tire sur lui. Et le tue.

Tu m'as demandé de te dessiner un kangourou. Je n'étais pas en forme. Je t'ai fait le coup du mouton : j'ai dessiné une boîte et j'ai dit V'là ton kangourou, il est dans la boîte. Tu ne m'as pas trouvée drôle.

Bonne nouvelle. Le ci-devant président Duvalier, de retour dans son pays, sera jugé, bien que ses crimes soient prescrits*.

Il y a un lapin dans ta salle de classe ! Il y est depuis le début de l'année, mais je viens seulement de le découvrir. Vous en prenez soin à tour de rôle. Il paraît que ça vous responsabilise.

En Tunisie, au nord du continent mère, les citoyens sortent dans la rue pour réclamer le départ de leur monarque absolu. Les journaux parlent d'une révolution du jasmin. Ils en sont au jasmin, là-bas, et n'ont pas le temps de le voir fleurir. Mais le jasmin refuse de passer inaperçu, il s'évertue à sentir bon et fort.

Tu dessines et n'en finis pas d'effacer et de recommencer.

— Tu effaces ton dessin, Émile, mais pourquoi ?

— Comme toi, quand t'écris.

Comment sais-tu que j'efface autant ? Et que je biffe ce que je n'ai pas effacé ?

Le moindre geste à l'extérieur est pénible, il faut lutter contre le vent et le froid. Et l'humidité. Contre la noirceur.

Tu es à la classe-neige. Je vais chercher Élise à la garderie. Sitôt installée dans l'auto, elle me dit: Raconte-moi une histoire! J'ai profité de ton absence pour lui raconter *Rapunzel*, qui t'ennuie, et *La princesse Nappequine*, belle jusqu'à sa mort par la vertu des liftings.

dimanche au Biodôme. Nous avons retrouvé nos loutres, vigoureuses et quasi souriantes. Elles ont été bien soignées pendant la grève. Le Biodôme était fermé, mais c'était pas une vraie grève où tu arrêtes la production et bousilles l'usine du patron. Les animaux, il faut leur donner à manger, sinon ils crèvent.

Pendant que vous couriez d'une redécouverte à l'autre, j'ai jasé avec des employés. Moroses. Étonnés qu'on s'intéresse à leurs conditions de travail plutôt qu'aux mœurs sexuelles des manchots.

février. Nous sommes dans la chambre d'Élise tous les trois. Pendant que de la main droite je joue aux billes, de l'autre, je tiens l'épée du prince Gaspacho. Élise mêle dans un même enchantement toutes les princesses des contes, surtout Blanche-Neige et Belle Hautbois, dont les tribulations sont des variantes du même scénario. Pour multiplier son plaisir, je lui démêle les deux histoires. Tu me reprends à propos de vétilles comme le nombre de fées présentes à la naissance de Belle, mais sans insister, toute discussion serait une perte d'énergie et tu es en train de me pocher aux billes, toc, toc, tu viens de frapper la bleue puis la jaune d'un même coup, de toute façon, nous sommes d'accord sur le fond de l'intrigue, je lance une bille, perdue, et j'enchaîne sur Blanche-Neige: la méchante reine pas fine, laide, jalouse et variqueuse avait une espérance de vie de quarante-huit ans, ce qui représentait une éternité pour une princesse de quinze ans. Aussi Blanche fut-elle soulagée de partager les plaisirs simples de la vie en forêt avec sept petits hommes du peuple, c'était beaucoup plus sain que les miasmes de la cour, n'importe quoi était préférable aux sautes d'humeur de la reine, même le coma, il s'agit d'un coma diabétique, ça me semble évident, mais ça, je l'ai pas dit, je venais de perdre ma dernière bille et Blanche attendait calmement son prince, et nous avec elle, mais c'est votre père qui est arrivé et vous avez tout laissé tomber pour courir vers lui, et mon histoire est restée en suspens, juste avant que le prince apparaisse sur son chameau. Mais tu me connais, je n'aime pas avoir le sifflet coupé, je poursuis donc ici ce palpitant récit :

Le prince était un grand navigateur. Il ne s'appelait pas Charmant. Ni Gaspacho. Il s'appelait Noir d'Ébène et venait du continent mère, où courent la gazelle et le zèbre. Il avait un coffret de nacre et, dans son carquois, des bâtons d'encens. Après avoir admiré la princesse et supputé son potentiel reproducteur, il mit pied à terre et ouvrit son coffret ; l'odeur de la myrrhe, capiteuse – et autres adjectifs affriolants –, cette odeur parvint jusqu'aux narines de la belle endormie et l'éveilla. Elle vit le prince et sut immédiatement et de façon certaine que ce cavalier au sourire éblouissant serait le père de ses enfants. Elle remercia les petits hommes du peuple de leur hospitalité et, sans même goûter au repas qu'ils tenaient toujours chaud pour le jour de son réveil, elle suivit Noir d'Ébène dans son pays.

À leur arrivée là-bas, on fit une fête avec des musiques de vielles et de koras. Neuf mois plus tard, Blanche accoucha de jumeaux dizygotes, dont la peau était de la même nuance que celle de votre cousin Batman. Vive l'exogamie ! s'écria la reine mère, pas jalouse pour deux sous.

La révolution du jasmin, qu'on appelle maintenant le printemps arabe, s'est propagée à plusieurs pays du pourtour de la Méditerranée et la dégringolade des monarques absolus continue : le Ben Ali s'est enfui de Tunisie, le Moubarak égyptien a démissionné et en Libye, le Kadhafi vacille sur son trône. Mais il s'agrippe au pouvoir de ses longs bras furieux.

Le Kadhafi a donné l'ordre à des pilotes d'avion de lancer des bombes sur les opposants à son régime. Plusieurs se sont éjectés de leur appareil plutôt que de bombarder leurs compatriotes.

Tu connais des blagues de Newfies. J'aurais parié que ce doux imbécile était passé de mode, emporté, comme bien d'autres dadais*, par la vague de la rectitude politique. Mais il est toujours frétillant. Il habite ailleurs, mais pas en Europe, là où c'est loin et creux. Il est l'Autre.

Un jour, j'étais dans le train pour Cacouna avec ton père, il avait dix ans et à l'époque, le parcours était long, le train s'arrêtant souvent pour contempler les vaches. Nous avons rencontré un habitant de Newfoundland, un garçon charmant et cultivé, avec qui nous avons entrepris une interminable partie de cartes. On va sûrement gagner, m'a glissé ton père à l'oreille, c'est un Newfie. Effectivement, le Newfie a eu la délicatesse de nous laisser gagner.

J'ai dessiné un lionceau qui ressemble à l'écrivaine Colette. Même museau pointu, même regard en dessous et craquant.

Je vous vois demain. J'ai hâte.

Le chaudron qui contient notre repas est dans l'auto et ça embaume le poulet à la mode Cartier. Vous êtes causants. Toi surtout. Tu nous fais part de tes projets de voyage ; tu rêves du Costa Rica, de Miami, de Cuba, de tous les endroits où ta mère a récemment parlé d'aller, et tu imites le bruit du vent dans les palmiers pendant que nous naviguons dans la neige sale, protégés du froid par les vitres sales et la carrosserie sale du char, vous me guidez pour que je prenne le plus court chemin, tu confonds encore la gauche et la droite et, sous prétexte de te simplifier la vie, je t'apprends les termes bâbord et tribord, comme si on était le chevalier François de Haddock sur son voilier avec, en plus, un sentiment de sécurité qu'il n'a pas dû éprouver souvent ; une sorte de paix domestique nous enveloppe et je pense à cet arrêt de la Cour suprême du Canada dans lequel les juges ont statué que l'intérieur d'un véhicule automobile est un espace privé. Pas l'intérieur de mon char spécifiquement, celui de tous les chars. À notre arrivée à la maison, votre père distribue des piles de vêtements propres dans les tiroirs d'Élise.

Il n'y a pas grand-chose de plus réconfortant que l'odeur du linge fraîchement lavé.

On dessine, chez toi. Avec un gros pinceau, Élise nous fait de beaux grands dessins bien lourds pendant que tu apprends à tenir le pinceau chinois et à mesurer la quantité d'eau. Le téléphone sonne : ton père est retenu à son travail, il rentrera dans une heure. Aussitôt, tu vas à la fenêtre pour attendre son retour. Tu sais qu'il partira en Espagne après-demain et tu t'ennuies déjà de lui, tu as ce chagrin anticipé.

Je revois cet autre petit garçon, ton père, attendant le sien, qui a téléphoné de l'aéroport de Mirabel pour dire qu'il était arrivé à Montréal et qu'il serait bientôt chez moi. Le trajet prenait une heure.

Au théâtre, l'autre soir, on jouait une pièce de monsieur Brecht, sa première. Céline dit que c'est pas sa meilleure. Elle n'a pas aimé. Moi, oui. J'ai beaucoup aimé ce qui nous était donné à voir : la façon dont les couleurs apparaissaient dans le décor puis s'estompaient, les ocres qui s'ajoutaient parfois et, dans les verres des convives, ces reflets verts qui chantaient dans le vin doré, et les rouges ! La couleur rouge est difficile à doser, elle veut toujours bouffer les autres, il faut la tenir en laisse, mais cette fois-là, il y en avait juste assez et au bon moment ; ces rouges étaient légers, quasi liquides. J'ai aussi aimé la façon dont la mariée bougeait sous la mousseline de ses vêtements et, à la fin, la grande armoire barrée à double tour qui s'ouvre pour laisser tomber le lit nuptial. Surplombant le lit, la silhouette d'un oiseau noir aux yeux blancs. Les yeux sont éjectés et les orbites vides projettent deux faisceaux de lumière sur les époux et dans la salle, comme un regard surnaturel qui les épierait dans le noir de leur nuit de noces et nous jugerait.

Ce soir, à l'heure où vous dormez, Élise et toi, j'irai me promener dans Montréal illuminée.

Ça y est, ton père est en Espagne pour réconforter son papa, mal en point. Vous êtes avec votre mère et très occupés, par monts et par vaux. Je pourrais lui téléphoner pour vous voir, mais je ne le fais pas, il y a dans mon esprit une barrière psychologique ; les semaines avec vous et les semaines sans vous. Comme si je voulais accompagner votre père dans le fait d'être privé de votre présence la moitié du temps.

mars. Tu considères les trajets comme des heures creuses. Tu me surveilles pour que je suive le bon chemin, celui de ton père, le chemin magique sur lequel le char semble être chaussé de bottes de sept lieues, tu n'as pas encore compris que même si je prends ses raccourcis, je n'arriverai jamais aussi vite que lui. Tu passes le temps en déchiffrant un livre déposé sur la banquette à ton intention, *Les voyages de*

Christophe Colomb. Tu butes sur le mot voyage. J'ai pensé que c'était vagin, dis-tu.

— Qu'est-ce que le vagin ?

— Ce que ma sœur a et que je n'ai pas.

Comme c'est joliment dit !

11 mars. Il y a eu un tremblement de terre au Japon. Des centrales nucléaires ont explosé et plus de dix mille personnes sont mortes.

mars. Dans la salle d'attente d'un toubib très coté, on trouve de beaux livres chers. J'en ai ouvert un, sur le sel – photos de marais salants et de mines de sel de tous les coins du monde – et je me suis souvenue de ce sinistre animal que fut la gabelle, autrefois, en France. Ce mot désignait la taxe sur le sel. Une armée de gabelous passait de maison en maison pour collecter la part du souverain. Ces mots, gabelle et gabelous, ne sont plus en usage, mais on pourrait leur donner la chance d'être plus sympas, ils ne demandent qu'à s'amender, j'en suis sûre...

J'aimerais que tu me dessines une gabelle. Je la vois avec un manteau gris calcium aux grandes poches, le teint blafard et des poches supplémentaires sous les yeux. Et toi ?

À la suite d'une lecture du Petit Soldat de plomb, version espagnole, tu as écrit tes premiers mots de castillan : *niña* et *sueño,* avec le tilde bien en place.

Avec Élise, nous avons ensuite imaginé comment la ballerine a passé le temps pendant le voyage de son amoureux. Mes suggestions avaient une saveur féministe, mais ça vous est parfaitement égal que la ballerine cesse de tourner sur ses pointes comme une idiote et quitte la maison à son tour.

Les pays de l'Alliance du Nord se mêlent de la chasse au Kadhafi. Ils veulent sa peau et ils ont commencé de bombarder le sol libyen. Nous-le-Canada avons promis de les aider.

Nous avons passé l'après-midi à la piscine de mon quartier, creusée dans un édifice dont la face ouest est entièrement vitrée. Il y avait un soleil éblouissant sur la neige. Élise a joué à l'avion au bout de mes bras ; je pivote sur moi-même pour la faire planer et, à chaque tour, je vois la neige brillante et je t'aperçois sur le plongeon des grands, tu sautes, et au tour suivant, ta tête réapparaît parmi les autres baigneurs. Visions furtives.

Je bénis l'architecte qui a imaginé le mur de vitre et ce contact avec le dehors, c'est comme si on se baignait dans la neige.

Reportage télé de monsieur Aït Abdallah ; il nous parle depuis un hôpital irakien, dans la ville de Falouja, où les bombardements des Uessa ont été les plus abondants en 2004, l'année de ta naissance. Il y avait dans les bombes américaines des produits toxiques qui ont affecté le développement des fœtus, et beaucoup d'enfants sont nés difformes. On nous montre des créatures monstrueuses, l'une d'elles n'a qu'un œil au milieu du front, comme Polyphème, et on entend un long cri d'horreur. « Ce cri qu'on entend, dit la voix de monsieur Aït Abdallah, est celui d'une mère horrifiée à la vue de sa propre créature. »

Ces scènes intolérables ont été captées par des médecins de l'hôpital, pour témoigner. Elles ne seront présentées qu'une seule fois à la télé, au bulletin de nouvelles de fin de soirée, alors que les beaux enfants de la paix canadienne sont couchés.

En revenant de l'école, il fait si beau soudain et le soleil est si chaud que nous jouons dehors. Tu apportes sur la galerie une pile de livres empruntés à la bibliothèque avec ta carte – tu as depuis peu une carte à ton nom. J'avais le goût de lire, dis-tu d'un air sérieux.

avril. Je parlais de mon déménagement prochain en Bucolie, tout près de Montréal, si près que je vous verrai autant, ai-je dit – eh oui, je change encore de maison. Tu as pris un air absent. Nous étions à table, chez moi, avec ton père et la Douce, et juste avant le sorbet, le mot Maricourt est tombé sur la nappe. Les larmes te sont montées aux yeux. On déménage tout le temps, nous autres, as-tu dit…

Hier, Élise a voulu t'emprunter ton toutou au long tarin, mais c'était impossible : long tarin dort dans une boîte de carton, chez votre mère, dans l'attente du départ, car vous aussi déménagez, côté maternel, vous allez vous installer dans un vaste et bel appartement avec le copain de votre mère et ses enfants. Ce qui paraît aux adultes une amélioration de votre quotidien te stresse, alors si je me remets à bouger moi aussi, c'est la goutte qui fait déborder le vase…

Le sorbet t'a consolé un moment, mais à l'heure de partir, tu as plaqué tes lèvres sur ma joue et m'as serrée dans tes bras. Longtemps. Beaucoup plus longtemps que pour un baiser de fin de film des années cinquante, une minute peut-être, à me serrer très fort, et moi, pendant ce temps-là, je pensais stupidement à la personne qui sera aimée de toi, plus tard, quel bon amant tu seras. Finalement, tu as défait ton étreinte et dit à Élise : C'est à ton tour d'embrasser Francine. Comme pour des adieux. Tu avais encore les larmes aux yeux.

Emplettes sur la Plaza Saint-Hubert, haut lieu de la paillette et du satin. En sortant du magasin de chaussures, il pleuviote et vous courez avec vos souliers neufs. Ceux d'Élise font des étincelles, les tiens sont noirs, sobres, masculins. Élise court moins que toi ; elle admire les robes de princesse des vitrines. Elle n'en a jamais vu autant. Je souris, goguenarde. Je savais qu'elle aimerait cette rue.

Votre père et la Douce sont allés à des funérailles. Il fait chaud pour la saison. On déblaie le parterre et reprend nos occupations d'été. Les jacinthes sortent de terre, pâles et rachitiques, se demandant peut-être quels mauvais plaisantins les ont si mal plantées dans une terre si pauvre et si compacte. C'est nous.

Pâques. Chasse aux œufs. Vous avez grimpé dans les armoires comme des chèvres pour dénicher les œufs teints que j'avais cachés ce matin. Comme votre père et la tante Mélissa, autrefois, vous en avez mangé. Plaisir de la coque brisée et des fragments de coquille colorés sur le blanc de l'assiette. Ces œufs sont les meilleurs du monde !

lundi de Pâques. Je dois faire signer des papiers à ton père. Je sonne chez vous. Vous accourez à la porte, Élise et toi. Elle me saute dans les bras.

— Qu'est-ce que tu viens faire ici ? dis-tu.

C'était une simple question, pas hostile, mais quelque chose s'est serré dans mon cœur. Je faisais irruption dans ton bonheur de famille nucléaire, tu n'avais pas besoin de moi à ce moment-là et tu ne sais pas encore dissimuler. Tu as la cruauté de l'innocence.

Je ne suis pas restée longtemps.

Les berges de la rivière Richelieu sont inondées et les riverains, forcés de quitter leur maison. Le gouvernement canadien a dépêché l'armée là-bas pour ériger des barrages contre l'eau. Voilà une tâche digne de nos soldats ! L'an dernier, après le séisme en Haïti, ils ont aidé à reconstruire des maisons, on les a vus à la télé, ils travaillent vite et bien.

mai. Les soldats uessiens ont fini par trouver Ben Laden. Et ils l'ont tué. Le roi du Canada dit que justice a été rendue. Il a tort. C'est pas ça, la justice. Même si le défunt Ben était un sale type. Mais la question se pose : que faire de ton ennemi lorsque tu l'as enfin attrapé ?

Vous êtes venus me voir pour la fête des Mères. Des colifichets et des piles de livres vous attendaient dans l'entrée – livres qui m'ont ennuyée ou que je ne lirai jamais et choses qui ne me servent plus. L'ambiance était joyeuse et je poussais le baratin pour vous fourguer ma marchandise. Tu as dit C'est ta fête et on va repartir avec plein de cadeaux !

Cette idée me plaît. Si c'était la personne fêtée qui donne des cadeaux, inviter quelqu'un pour son anniversaire aurait une dimension drôlement plus éloquente.

Le tri des livres a été long, ton père et la Douce discutant de chaque titre qui leur passait entre les mains. Alors, j'ai sorti les couleurs et je vous ai demandé de dessiner une gabelle. Puis un ouaouaron. Puis une gidouille. Tes dessins étaient pas mal ressemblants. Élise fait plutôt dans l'art abstrait.

matin. J'apprends que tu fais un exposé aujourd'hui. Quoi, un exposé ? Comme à l'université, dans les séminaires ! Les exposés m'ennuient. Mais venant de toi, c'est différent. Et puisque les familles sont les bienvenues dans cette école, j'irai t'entendre.

soir. J'y étais. Ça s'est passé dans une salle de belles proportions dont les fenêtres donnent sur la montagne.

Les feuilles naissantes des arbres nous faisaient un rideau d'ombre légère. Des enfants de ta classe, votre professeure et quelques parents constituaient ton auditoire. C'était un exposé sur le cinéma d'animation avec acétates, documents de papier et, surtout, surtout, un film que tu as bricolé avec ton père. Tu regardais tes notes comme si tu les lisais, mais tu savais ton texte par cœur – ta mère t'a fait pratiquer. Tu étais calme et sérieux, mais ta voix était faible – tu ne projetais pas assez, comme on dit dans le milieu des acteurs. Après sont venus les questions et commentaires du public. Tu as répondu brièvement. Ces échanges étaient cordiaux et pertinents, c'était bien mieux qu'à l'université. Personne ne cherchait à briller.

J'ai beaucoup aimé.

matin. Les fleurs des arbres, tombées durant la nuit, recouvrent tout d'un vert tendre, trottoirs et autos. Je me demande si tu l'as remarqué. Il pleut. Il pleut. Il pleut. Vous êtes chez votre mère.

Les champs riverains du Haut-Richelieu sont complètement submergés et de grosses carpes y nagent. Interviewée à la télé, une dame se demande ce que feront ces poissons quand les eaux se retireront : Les carpes vont être prises les culottes baissées, dit-elle.

Notre langue est savoureuse.

Je suis trop petite pour lacer mes souliers, dit Élise.

Toi : Chez maman, tu dis que tu es grande et chez papa que tu es trop petite. Comment ça se fait ?

Tu te demandes aussi pourquoi, lorsque tu entreprends quelque chose – et quelle que soit cette chose –, Élise veut invariablement faire la même chose. C'est comme ça, mon petit vieux, les aînés ont le privilège d'innover et le fardeau d'être imités.

Depuis la mi-mai, tous les jours, à la Puerta del Sol, les Madrilènes s'indignent et protestent. Ils en ont ras le bol de la vie chère, du manque de travail et de la concentration des richesses dans les mains des mêmes. Leur mouvement s'étend à d'autres villes espagnoles, à d'autres pays. Ce qui est singulier : les indignés fonctionnent par consensus et n'ont pas de chef désigné, ils ne déambulent pas dans les rues, mais s'installent sur les places publiques avec tentes, nourriture et braseros. Cette occupation des lieux est beaucoup plus embarrassante pour les autorités que le bref passage d'une horde de manifestants.

Je me suis offert la totale avec vous : bricolage, parc et jardinage.

Festival de théâtre avec Céline et des copains. Nous avons rencontré un poète ami dans la cour du théâtre. Céline et lui étaient les seuls à avoir vu le spectacle de monsieur Galvan, que nous avions tous loupé. Qu'à cela ne tienne, ils nous l'ont refait, commenté, mimé avec de grands gestes et même dansé, et c'était beau de les voir s'escrimer. C'était comme quand ma maman me racontait les spectacles, autrefois, elle avait la grâce des mots. Après leur numéro, Céline s'est assise à côté de moi sur un banc et je sentais le plaisir irradier d'elle, une petite nuée dorée. Derrière nous, un lilas blanc se fanait tout doucement, et j'ai pensé à toi.

Cacouna, juin. Je n'habite plus à Montréal et pas encore en Bucolie. Dans l'intervalle, je me suis réfugiée ici.

Des fleurs sauvages poussent entre les marches de l'escalier et il pleut dans la cabane. Au début, on s'amuse de devoir mettre des seaux pour recueillir la pluie, mais la petite goutte qui tombe en faisant ploc, ploc, ploc devient vite déprimante*. Les maisons n'aiment pas la solitude ; laissées à elles-mêmes, elles se vengent et développent des maladies de maison. Il faudrait peu de choses pour que celle-ci s'effondre.

Il me vient le goût de la laisser retourner à la terre.

soir. J'ai vu un orignal ! À quelques mètres seulement de la fenêtre du nord. Une femelle ou un veau – elle ou il n'avait pas de panache. L'individu est resté longtemps à brouter l'herbe et les bourgeons avant de rentrer dans le bois.

Rien que pour des événements comme ça, ça vaut la peine de parcourir 450 kilomètres.

Avec mes pérégrinations, j'étais sans nouvelles de vous depuis un bail, mais je t'ai parlé au téléphone : tu as hâte de venir me voir en Bucolie. Dire qu'un jour, ça t'emmerdera !

Bucolie. Vous venez de partir. Vous avez exploré la maison de fond en comble. Elle est spacieuse et riche en cachettes. Vous l'aimez.

Le soleil se couche sur le fleuve, rouge, et de l'autre côté, à l'autre horizon, la lune s'est levée sur les champs, presque aussi rouge.

À Barcelone, Espagne, la police a tiré dans le tas des Indignés et blessé vingt personnes.

Ton père et moi avons animé un atelier de dessin sur les animots, dans ta classe. Ça s'est très bien passé. Tu as dessiné un tapinois dans son usine. Le tapinois, m'as-tu dit, fabrique des tapis. Un autre enfant était sûr d'avoir déjà vu une dondaine. Je lui ai demandé si elle était grosse. Oui, et avec des plumes de toutes les couleurs, a-t-il dit, tout content. En regardant son dessin, j'ai compris qu'il prenait la dondaine pour la femelle du dindon… Selon moi, elle serait plutôt la femelle du dondé. Aussi vrai que la coche est la fiancée du cochon.

La chasse au Kadhafi s'éternise en Libye et les pays de l'Alliance continuent de larguer des bombes sur la population civile pour la libérer du tyran et établir un ordre nouveau avec leur argent.

Montréal. En route vers La Crémerie avec Élise. Les portes de l'église de la rue Masson étaient grandes ouvertes. Est-ce qu'on peut aller voir là-dedans ? as-tu demandé. Pourquoi pas. Les églises sont les maisons du peuple, en ce sens que c'est le peuple qui les a payées, autrefois, il n'y a pas si longtemps. Nous entrons. La place est déserte, mais je vous recommande de parler bas et de ne pas courir. Ne m'écoutant pas vraiment, tu te faufiles entre les bancs et te caches. Élise commence à te chercher. Elle crie ton nom. Je lui crie de ne pas crier. Elle revient vers moi.

— Je peux pas le voir, Émile, dans le labyrinthe, murmure-t-elle.

J'ai le sentiment soudain que la grande masse creuse de l'église a été pensée, dessinée et bâtie uniquement pour qu'un jour de l'été 2011, une petite môme de quatre ans y cherche son frère dans ce qui ne peut être, pour elle, qu'un labyrinthe. Je jette un coup d'œil machinal à la lampe du sanctuaire indiquant la présence « réelle » de Jésus en ce lieu, plus précisément dans l'hostie. La lampe est allumée. Donc, il y est. Il doit être content d'avoir de la visite. D'ailleurs, ne voulait-il pas qu'on laissât venir à lui les petits enfants ? Et les mécréants de mon genre ? Les mécréants aussi. Il ne souhaitait pas la mort du pécheur, mais son repentir. Suivant le fil de mes réminiscences, je vous propose de jouer à la confession. On s'installe dans le confessionnal, Élise et moi dans la niche du prêtre*, toi à genoux de l'autre côté de la grille, dans le rôle du pénitent. Confessez-vous, mon enfant, dis-je, avouez-moi vos péchés. C'est quoi, un péché ? Je te donne des exemples. Tu hésites à étaler tes turpitudes, car dans les milieux que tu fréquentes, on n'encourage pas l'autoflagellation. Finalement, tu t'accuses d'avoir volé un diamant de deux pieds. Deux pieds, vraiment ? Et de quelle couleur ? Rouge. Un diamant rouge de deux pieds ! Ce sont les plus chers ! Votre compte est bon, mon gaillard ! Vous me ferez dix push-ups comme pénitence. Et ne recommencez pas ! Je vous bénis au nom du petit Jésus, de son papa et de l'oiseau divin, pas le phénix, l'autre.

Élise n'a pas voulu se confesser.

Bucolie. Pour l'anniversaire d'Élise, nous avons fait un festin dans la cour, où fleurit un catalpa. Il est sur le terrain du voisin, mais c'est moi qui le vois dans toute la splendeur de sa frondaison. C'est nous. Les feuilles, énormes, lisses et douces, vous fascinent.

Parmi les papiers d'emballage, les pots de peinture et les boîtes éventrées, tu as trouvé l'image d'un canot qui vole dans les airs au-dessus des maisons. C'est la chasse-galerie, ont dit les adultes. Tu t'es tourné vers moi pour entendre cette légende, et j'ai mis les autres à contribution. Ils ont décrit la vie d'autrefois dans les chantiers, mais comme l'intrigue de cette histoire repose sur un pacte avec le diable – auquel les bûcherons promettent leur âme –, il faut avoir des rudiments de culture chrétienne pour l'apprécier. Ton père vous en a balancé quelques-uns, vite fait, mais vous ne compreniez pas le sens du mot âme et tous les adultes se sont butés sur cette chose impalpable, s'essayant à une définition, et finalement, nous nous sommes tus, assommés par le soleil et le sucre des gâteaux de fête. Un ange est passé. On ne l'a pas vu, mais il y avait de la magie dans l'air et de la remembrance des temps anciens, le folklore est encore vif en Bucolie, mon patelin est bruissant de créatures merveilleuses et il paraît que chaque jour, à l'aube, un chevreuil traverse la cour pour aller boire dans le fleuve, c'est mon voisin qui me l'a dit, moi, je dors à cette heure-là. Bon. J'exagère un tout petit peu. Le voisin n'a pas dit chaque jour, mais ce matin, il a vraiment vu le chevreuil.

C'est le chevreuil de l'aube.

Saint-Jean triste sous la pluie. Les feuilles du catalpa pendouillent, ternes et amollies. Beaucoup de choses sont en suspens et on ne sait plus très bien ce que le mot Québec veut dire. Quand ton père était petit, ça voulait dire liberté. C'était un désir aigu et massif. Massif dans le sens de partagé par beaucoup de personnes. Mais la masse s'est amenuisée. Ou assoupie. Ou les deux…

Un jour, je te réciterai la liste des peuples inféodés qui sont parvenus à se libérer.

juillet. Depuis le début de l'été, la sécheresse dévaste une grande partie du continent mère. Plus rien ne pousse sur les terres épuisées. Les gens n'ont rien à manger, leur bétail crève sur les routes et les enfants sont tellement maigres qu'on dirait de petits squelettes. Ils meurent dans les bras de leurs mères, impuissantes.

Au milieu de cette désolation, après de longues années de lutte, un pays appelé le Soudan du Sud a obtenu son indépendance.

Nous étions au parc avec Élise. Vous parliez du film de la veille dans lequel un personnage disait « Je l'attrape par la queue / Je la montre à ces messieurs… » Et vous pouffez de rire. Je ne vois pas pourquoi. Je continue la chanson « … Ces messieurs me disent / Trempez-la dans l'huile / Trempez-la dans l'eau », mais tu m'interromps : Il dit seulement je l'attrape par la queue, je la montre à ces messieurs… Et vous repartez à rire. Quelle bonne blague ! Vous allez me montrer le vidéo à notre retour à la maison, vous l'avez traîné avec vous.

Or, revenus chez moi, avant de sortir du char, je vous tends un grand sac vert et vous intime l'ordre de faire le ménage ; il faut délivrer l'animal de la strate de détritus qui lui encombre le ventre, papiers gras, mitaines moisies, pelures de clémentines et autres choses innommables et malodorantes, ce char nous est utile et il a le droit, lui aussi, de s'alléger pour l'été. Blabla. Cette activité ne vous plaît pas et vous faites une baboune qui ne m'en impose pas. Désinvolte, appuyée sur le flanc gauche de la bête, je sifflote le chant des patriotes…

C'est seulement après le dîner que j'ai consenti à regarder le fameux vidéo. Tu as trouvé le passage exact où le héros, qui vient de capturer sa proie, se met à chantonner «Je l'attrape par la queue», etc., comme dans la chanson *Une souris verte.* Et je rigole enfin avec vous.

Vous venez de découvrir la citation. Le bonheur de connaître et de reconnaître. D'avoir des références communes. On appelle ça la culture.

La mission canadienne offensive est terminée en Afghanistan. Nos troupes commencent à se retirer. Les Uessa vont « finir la job ».

Il y a tout ici pour être heureux, des mouches à feu et des chauves-souris, et le jour, des mésanges qui viennent manger les graines de tournesol. Elles les prennent une à une dans leur bec, inlassablement.

La grand-tante Hermanita est arrivée chez vous pour l'été.

dimanche soir. Au parc de l'île Jésus, nous avons fraternisé avec des cochons noirs et des chèvres paissant dans un pré où les humains peuvent entrer. Pendant qu'Élise caresse timidement une grande chèvre placide, tu photographies tout ce qui bouge, cochons, chèvres et enfants. Quand tu fais un tel usage de l'appareil photo, je regrette de te l'avoir donné. Mais je ne suis pas intervenue, c'est dimanche pour tout le monde et tu es un peu bousculé, ces jours-ci, car il y a du remue-ménage dans vos maisons : chez ta mère, vous prenez possession du nouvel appartement et l'opération nécessite un flot de peinture purificatrice. Chez votre père, outre la grand-tante, vous hébergez le lapin de ta classe – il faut bien le caser quelque part pendant les vacances et c'est à ton tour de le traiter aux petits oignons – et vous accueillez un deuxième chat, au nom moyenâgeux, c'est le chat de la Douce, qui emménage avec vous. Là aussi, les adultes donnent de vigoureux coups de pinceau. Vous n'échappez pas à ce rituel de la peinture, vous y participez, même, et chez votre mère, vous avez choisi la couleur des murs de votre nouvelle chambre : rose pour ceux d'Élise, bleu pour les tiens. Ô stéréotypes ! On se croirait dans une série télé des années soixante.

On annonce l'ouverture prochaine d'un cégep pour les autochtones. Ils pourront y retrouver des éléments perdus de leur culture, et la fierté aussi, peut-être. Il y a déjà eu un collège de ce genre quelques années avant la naissance de ton père. Pas longtemps. On l'a fermé, je ne sais plus pourquoi. J'espère qu'on n'aura pas aboli celui-ci quand Wigwam aura l'âge de le fréquenter.

La journée d'hier a donné lieu à une suite d'intempéries domestiques dues à de grands écarts de température et à l'abondance de biens.

On crevait de chaleur. Votre père était aux noces – il y a une épidémie de mariages, cet été, parmi ses copains, il y en a même un qui lui a demandé d'agir comme officiant. Notre vie est plus routinière : Hermanita lisait un polar dans la cuisine, à la fraîche, et je vous ai traînés à la piscine. Après le bain, Élise se met à frissonner. Elle ôte son maillot mouillé. Je lui fais un pagne avec sa serviette, elle s'y embourbe et finit par le laisser tomber pour marcher, nue, vers les douches. Tu murmures Ben toi, t'es pas gênée ! Non, elle n'est pas à l'âge de la pudeur. Nous parcourons tout le terrain sous le regard appuyé des autres baigneurs, quand une flique de l'hygiène, surgie on ne sait d'où, me siffle Vous avez pas le droit, madame ! Y faut qu'a porte un maillot. Habituellement, c'est moi qui enfreins les règlements de la décence piscinaire par une surcharge de vêtements – j'essaie toujours de garder mes chaussures et mes jeans –, donc j'emmerde la flique en mon for intérieur et je la contourne, de toute façon, nous sommes rendus aux douches, tièdes, puis dans l'étuve de la rue. Chez la Crémière, dans l'air glacial, Élise est prise d'un saignement de nez. Elle reste calme, mais il est difficile de saigner du nez en mangeant un cornet à la fraise. De retour sur le trottoir visqueux, on avance aussi vite que des limaces, Élise est dans la poussette, tannée d'exister, je suis tannée de pousser et tu es tanné de marcher. C'est alors qu'on passe devant la librairie d'occasion Le Vieux Bouc. Est-ce qu'on entre là-dedans ? demandes-tu sans grand espoir, car je n'arrête jamais dans les magasins pour vous acheter des cochonneries. Mais cette fois-là, je flanche ; je connais la patronne du Vieux Bouc et il fait frais chez elle. On lui demande asile. Je vous permets de choisir une BD. Vous hésitez longtemps – vertige des paradigmes et de la consommation –, tu compares les pages couvertures et les prix et propose finalement de prendre la BD la moins chère. Quel excellent principe de choix ! Je l'achète. Vous êtes contents. Mais sitôt dehors, un doute t'assaille : tu crains que cette aventure du Marsupilami ne soit déjà chez toi, dans la bibliothèque paternelle. Je pousse plus vite vers la maison pour tirer ça au clair. Zut ! vous l'avez déjà. Élise se désintéresse de la question et soigne son nez devant la télévision. Nous venons à peine de nous installer pour lire la BD, toi et moi, quand Hermanita nous annonce que c'est l'heure du souper. Nous ressortons manger des souvlakis au coin de la rue – ton père m'a assurée que tu adorais les souvlakis. Mais sur le seuil du restaurant, tu nous avoues les détester. Que faire ? Hermanita est perplexe et je pense au grand-père Aimé qui, toute sa vie, a mangé le gâteau des anges que sa maman cuisinait exprès pour lui, croyant lui faire plaisir, mais dans le fond, il exécrait le gâteau des anges et n'a jamais osé le dire pour ne pas la décevoir, l'amour filial peut générer des malentendus sans fin et je ne voudrais pas que tu en sois victime à ton tour. Je me rabats donc sur le chic buffet Casa Corfou, de l'autre côté de la rue. Vous n'y avez jamais mis les pieds, Élise et toi. Je vais peut-être saper six ans d'éducation à la rectitude alimentaire, mais tant pis, nous commençons à avoir faim. Nous entrons à la Casa Corfou. Une fois qu'on vous a expliqué le principe de ce *all you can eat* de la diversité culturelle montréalaise, ça vous plaît. Je passe une partie du repas à déplorer le gaspillage dont se rendent coupables les tenanciers et clients de tels endroits, c'est une honte, dis-je en suçant des côtes levées qui baignent dans une sauce trop sucrée, vous gobez sans parler, Élise et toi, et tout d'un coup, dans ce nouveau décor, ça me saute aux yeux : tes manières de table laissent à désirer. Hermanita abonde dans mon sens, il est grand temps de t'enseigner comment tenir les ustensiles, à l'européenne – Hermanita et moi sommes de l'école européenne et farouchement opposées au ridicule va-et-vient couteau fourchette. Je te donne un couteau, un vrai. Tu es séduit par l'outil. Oui, dis-je, à la rentrée, tu sauras manger comme du monde, mon pit, on va te prendre en mains, j'évoque même la mère d'Hermanita, votre aïeule espagnole, qui pelait ses fruits avec couteau et fourchette, sans jamais se salir les doigts, quelle étrange personne elle devait être, dis-tu en tentant de couper une saucisse dans le sens de la longueur. Élise a complètement oublié son bobo nasal. Après une assiettée de pâtes-frites-semoule, elle prendra deux services de crème glacée, et nous sortirons du resto satisfaites et satisfait… Mais tu n'étais pas au bout de tes peines. De retour à la maison, ton père y était passé en coup de vent, entre deux mariages, il y a eu une allusion malhabile de ma part, un regard entre Hermanita et moi, et comprenant que tu avais raté le retour de ton héros, tu as éprouvé un chagrin si grand que je l'ai appelé au téléphone. Il n'était pas loin. Il est revenu sur ses pas pour te serrer dans ses bras.

À l'heure où j'écris ces lignes, tout est rentré dans l'ordre et vous avez pu échanger la BD en double.

Une centaine de jeunes sont morts dans une fusillade en Norvège. D'autres, blessés. Tués et blessés par un individu obsédé par la pureté de la race. Je ne fais pas exprès de noter ces événements dramatiques. Je les tais habituellement. Mais ces morts-là sont si jeunes.

Visite impromptue de Batman et de sa maman. Vous êtes chez votre mère. Nous avons organisé une rencontre, elle et moi, mais tu viens d'appeler pour m'expliquer, d'une toute petite voix, avec des hésitations et des silences, que le jour de ce rendez-vous, c'est l'anniversaire de ton cousin numéro trois et que tu préférerais aller à sa fête… Bref, tu choisis le cousin local plutôt que celui des Uessa.

Je te trouve brave d'avoir téléphoné toi-même pour le dire et je te comprends ; tu n'as pas vu Batman depuis trois ans.

Le mouvement des Indignés se propage à la Grèce.

Finalement, vous avez vu Batman, quelques heures. Tu es retombé sous son charme. Il est question qu'il revienne à Noël.

août. Chaque jour depuis sa naissance, Élise te réveille à l'aube. Ce matin, elle t'a laissé dormir. Et pendant que vous dormiez tous, elle a pris des ciseaux et coupé sa longue chevelure de princesse. Elle est devenue une petite fille.

Vous venez de partir et je suis hors d'usage. J'avais très peu dormi la nuit dernière, il faisait chaud, vous étiez mômes-très-ordinaires, remuants et désobéissants, voulant triturer les feuilles du catalpa, vandales ! combien de fois vais-je vous le répéter, c'est vivant, on ne déchire pas !... J'ai fini par sortir de mes gonds et vous asperger de mots de type tabarnak. Je vous en ai servi un char et une barge.

Nous sommes allés au zoo avec Hermanita. Vous avec été parfaits, Élise et toi. Gentils. Obéissants. Extasiés aux bons moments. Nous avons croisé un petit monstre hurleur et vu une ourse « avec pas de poil », chauve sur tout le corps, elle se grattait sans arrêt, la pauvre, elle a une maladie de peau, je crois qu'on l'exhibe pour instruire. Aucune autre note discordante dans cette oasis, pas de bruits, pas de pauvres, que des gens de la classe moyenne* capables de payer leur écot à l'entrée et tout le long du parcours.

Tu commences à avoir hâte à la rentrée pour retrouver les amis.

Ton père venait de faire du plâtre. Nous discutions, lui et moi, devant son œuvre encore fraîche, quand tu t'es faufilé entre nous deux, tu as frôlé le plâtre en passant, nous t'avons pris par le fond de culotte et immobilisé, mais il était trop tard, l'œuvre était gâchée et c'était à recommencer. Qu'est-ce que ça donne d'être petit si on peut pas se faufiler, as-tu dit. La manœuvre, et peut-être aussi ta réflexion, a déclenché l'ire paternelle. Tu t'es fait encore plus petit entre nous deux et tu avais le même air catastrophé que le soir des intempéries, alors que, navré d'avoir manqué le passage de ton héros, tu tremblais d'amour pour lui.

Cette fois-ci, c'était le désarroi de l'avoir déçu.

Ton père a refait le plâtre et vous avez joué dans la cour tout l'après-midi. Tu as bricolé une mangeoire à papillons comme celles du Jardin botanique et Élise a balayé la pelouse. La routine, quoi ! Nous sommes heureux.

29 août, soir. Je rentre de chez toi. C'était ton septième anniversaire aujourd'hui et j'ai participé à la traditionnelle chasse à l'homme au parc Joyce. Un mélange de course au trésor, de tague et de cachette. Une sorte de rite de passage. Nous avons eu droit à des effets spéciaux apportés par la queue de l'ouragan Irène qui sévit encore sur la côte des Uessa : pluie violente et vent. Vous avez couru comme des perdus, et quand vous avez été bien essoufflés, les parents ont sonné la retraite vers le domicile de ton père où nous étions conviés à partager le gâteau.

En revenant ici, il pleuvait toujours et le ciel était blanc d'éclairs. Je ne conduisais pas vite, à cause des branches tombées sur la route. D'ailleurs, je n'étais pas pressée. Pendant tout le parcours, j'ai pensé que cette longue lettre sous forme de journal s'achevait ce soir… Je m'étais fixé comme terme ton entrée dans l'âge de raison. Il faut bien tirer une ligne. Arbitraire comme toutes les frontières. Et voilà que ta petite enfance est close. Déjà tes premiers jeux s'éloignent dans ton souvenir. Tu as oublié le ptéro au fond d'un tiroir. Tu oublieras peut-être ce que voulaient dire, pour nous, une gidouille et un sagouin. Et nos autres idiolectes.

Cet automne, nous irons aux pommes et la Palestine tentera d'entrer dans le cercle des nations reconnues ; nous irons voir les lanternes au Jardin botanique ; Élise suivra des cours de ballet, et toi, des cours de piano ; le mouvement des indignés s'essoufflera peut-être à l'approche de la saison froide ; il y aura l'Halloween puis Noël et, entre les deux, des jours ordinaires ; chaque matin te tirera vers le bonheur de vivre ; les années s'empileront les unes sur les autres ; des gens que nous ne connaissons pas marqueront l'histoire et te marqueront ; des gens naîtront, d'autres continueront de se taper sur la gueule et de crever avant leur temps, de faim, de rage, de misère ; d'autres seront plus chanceux… Et tu auras ton lot de joies et de douleurs.

Je ne sais pas si, un jour, lisant ce journal, tu te reconnaîtras dans l'enfant que tu as été pour moi. Tu auras quinze ou vingt ans. Tu te demanderas peut-être où est la part de fiction dans ces lignes. Elle est mince, mais le point de vue est partial, il l'est toujours. Le mien est celui d'une Occidentale née au Québec au milieu du siècle dernier. Et celui d'une grand-mère amoureuse.

Merci pour ces belles années, mon petit.

GLOSSAIRE

BACHELARD, Gaston *n. p.* Philosophe dont les écrits, bien qu'un peu longuets, procurent à l'âme une agréable sensation de vie. La plupart des gens dont je te parle comme d'une évidence et comme si tu les connaissais déjà sont des écrivains. *Voir* écrivain.

BANDE *n. f.* 1. Troupe, gang. 2. Tout morceau d'étoffe, de papier, de cuir, etc., plus long que large. 3. Bande de Gaza : lisière de terre palestinienne n'ayant pas encore été grugée par l'État d'Israël. La bande de Gaza mesure maintenant 41 km de long sur 9 de large, environ ; c'est donc dire qu'elle est plus petite que l'île de Montréal. Sur cet étroit ruban vivent entassés 1,6 million de Palestiniens.

BLANC-BEC *n. m.* zool. Le blanc-bec naît chétif, pâle et peureux. Son bec, d'abord minuscule, prend de belles proportions avec l'âge. Entre-temps, c'est son frère aîné qui le nourrit.

BRACELET *n. m.* Petite tige de métal flexible servant à nouer les embrassements pour qu'ils soient éternels. Ne pas confondre avec rondelle. *Syn.* broche à foin. *Voir* rondelle.

CHEVREUIL *n. m.* zool. Si jamais on te parle des cerfs de Virginie québécois, ne t'en fais pas, il s'agit tout simplement de chevreuils.

CLASSE MOYENNE *n. f.* Syntagme néologique désignant des prolétaires ayant réussi à se sortir la tête du trou et ramant très fort pour ne pas être recalés. Les classes sociales sont des casiers où ranger les individus vivant en société. Du temps des Romains, il y avait les patriciens, les plébéiens et les esclaves – les métèques ne comptaient pas. Au Moyen-Âge, il y eut la noblesse, le clergé, le tiers état et les innommables. Du tiers état émergea la bourgeoisie. Puis monsieur Marx identifia deux entités principales et ennemies, les bourgeois et les prolétaires. Il apporta plein de nuances et de sous-catégories à ce classement, mais il mourut en laissant la discussion ouverte. Entre-temps, à force de ramer, la classe moyenne était sortie du prolétariat. Selon les docteurs ès société, elle n'est pas une véritable classe sociale, car elle désigne des gens n'ayant pas d'intérêts communs. Bien que n'existant pas comme catégorie sociologique, la classe moyenne existe pourtant dans les faits, surtout en Occident, et dans la tête des gens, car tout le monde sait ou pense savoir qui on désigne par ces mots, même que Céline m'a dit l'autre jour que c'était nous, la classe moyenne : elle et moi. Et probablement toi aussi. Ne pas confondre les classes sociales – permettant une certaine mobilité – et les castes, lesquelles sont indélébiles, comme la couleur des yeux.

CLÉMENTINE *n. f.* Jeune clémence, dont l'éducation nécessite les plus grands soins. Il faut lui démêler la tignasse tous les soirs et la caresser pour qu'elle devienne une belle, grande et large clémence. Sinon, elle risque de se racornir. *Voir* blanc-bec.

DADAIS *n. m.* Fiancé de la dadaise. Il est toujours grand. Son cousin, le fadais, est le concubin de la fadaise. De l'union d'un dadais et d'une fadaise naît une chimère. Alors que le blanc-bec peut espérer devenir une vieille barbe, le dadais, lui, ne sera jamais qu'un dadais.

DÉBLATÉRER *v. tr.* et *intr.* Étymologiquement, blatérer veut dire chasser la blatte. Déblatérer veut donc dire ne pas chasser la blatte et, au contraire, en faire l'élevage et lui réserver une place d'honneur sur ses armoiries familiales. *Voir* étymologie.

DÉPRIMANTE *adj. Voir* déprimer.

DÉPRIMER *v. intr.* Avoir de la peine sans bobo apparent et se sentir piteux de persister dans cet état.

DIABLE *n. m.* Créature inventée par l'être humain pour justifier sa propre méchanceté et sa couardise. *Syn.* Satan, Lucifer, Baal, Belzébuth, Bélial, Béhémoth, Belphégor, Azraël, Léviathan, Gargamel, Méphisto, démon, dragon, légion, incube, succube, turpitude, mauvaise foi, mépris, suffisance, incurie, corruption, bêtise, etc. … *j'avais pour principe de ne pas pactiser avec l'irrationnel (qu'on nommait alors le Diable).* Jacques Ferron.

DIEU *n. m.* Créature inventée par l'être humain comme réponse à l'angoisse de vivre et d'en être conscient. *De beaux dieux roses dansent nus.* Guillaume Apollinaire.

ÉCRIVAIN *n. f.* et *m.* Individu, mâle ou femelle, écrivant des livres qui ne sont ni des guides de l'auto, ni des projets de loi. Hugo, Shakespeare, Romain Gary, Michel Tremblay sont de grands et gros écrivains. Il y a presque autant de catégories d'écrivains qu'il y a de noms pour désigner le diable. Ex. : les grands, déjà mentionnés, les écrivains mineurs, les globe-*trotteurs,* les prophètes, les épistoliers, les célèbres, les tâcherons de la plume, ceux qui prennent des noms de plume, ceux qui ont fait de la prison ou la guerre, ou les deux, ceux qui vivent à Paris sans être Français, ceux du Plateau-Mont-Royal, ceux du Fleuve, ceux du désert, ceux des glaces, ceux qui ne parlent pas du corps humain, sinon par métonymie, ceux qui décrivent des animaux, ceux qui racontent le sort des vaincus, les écrivains publics, les soporifiques, les vitrioliques, les périmés, les morts, les mondains, les provinciaux, les galants, les chantres officiels, les nègres, ceux qui s'épanouissent dans les cocktails, les écrivains engagés, les trash, les urbains, les intimes, les rabelaisiens, les baroques, les mal embouchés, les enragés, ceux qui sont beaux comme madame Hébert, etc. Ces catégories ne sont pas exclusives ; on peut les combiner et composer des personnages plus-grands-que-nature et/ou criants-de-vérité.

ETHNIQUE *adj.* Employé substantivement, désigne des gens venus d'ailleurs depuis peu et, par extension, tous ceux qui se détachent de la toile de fond. Vous êtes un peu ethniques, Élise et toi ; à première vue, vous avez l'air tout à fait normaux et vous vous fondez dans la masse, mais votre différence s'entend, vous traînez ce nom hérité de votre père, ces trois syllabes étranges.

ÉTYMOLOGIE *n. f.* Désir de remonter jusqu'à la source du langage. L'étymologie n'explique rien, car le signe linguistique – comme tous les signes – demeure non motivé, mais elle rassure et donne l'impression d'être savant.

ITINÉRANT *adj. substantivé* « Rejet » social. Être humain ne produisant rien et ne possédant rien, condamné à errer dans les villes par une société qui valorise la sédentarité et l'accession à la propriété privée. *Syn.* moins que rien.

JOUAL VERT *n. m.* zool. Animal totémique des Québécois outrés.

MONARQUE *n. m.* 1. zool. Papillon qui se gave du nectar de l'asclépiade. Très visible en été partout dans le sud du Québec, parfois même à Montréal. 2. Individu atteint d'une forme particulièrement virulente de royauté. *Voir* royauté.

NUIT DES TEMPS Syntagme figé particulièrement dense. Voici quelques points de repère pour te donner une idée de l'épaisseur de la nuit des temps : au commencement, il y eut des Géants, des Titans, Ouranos et Cronos. Celui-ci gobait ses enfants pour ne pas être dépassé par eux, mais Rhéa, leur mère, en a sauvé un, qui a ressuscité les autres, et c'est comme ça que le monde a commencé, selon les anciens Grecs. Une légende amérindienne raconte qu'il y eut d'abord une femme, très belle, qui dansait sur les flots... Dans notre culture chrétienne, il y eut Dieu. Il ne faisait pas grand-chose. Il ne devait pas savoir danser. Mais à un moment donné, il s'est mis à créer tout ce qui existe, langages, planètes, montagnes, poissons et mammifères, et à un autre moment donné, il a pris du limon de la terre, autrement dit de la boue, *lodo* en espagnol, et de cette boue, il a façonné Adam, le premier homme, et d'une côte d'Adam, il a tiré Ève, la première femme, laquelle serait donc un produit dérivé de l'homme. Mais il y avait aussi Lilith, non dérivée de l'homme, antérieure à Ève et promise à un brillant avenir ; elle était débrouillarde et avait un bon plan de carrière, mais par un maléfice du Malin, elle fut transformée en chouette. Ne resta donc plus qu'Ève pour procréer, de là son nom de mère des vivants. Ève eut des enfants d'Adam, qui eurent des enfants à leur tour, avec ou sans les Élohim. Ces demi-dieux forniquèrent entre eux et se reproduisirent pendant des générations et des générations et des générations, et ça nous mène au Déluge, puis le temps s'essore, une colombe revient avec une branche d'olivier dans le bec, on construit une tour, que Dieu pulvérise, on se disperse, on convoite la terre du voisin et c'est le sac de Troie, Jésus naît, les chrétiens envahissent Jérusalem, Léonard de Vinci imagine des machines prodigieuses, la France cède ses colonies à l'Angleterre, puis viennent les frères Lumière et Méliès, Gaudi, Freud, Hitler, Hiroshima, Laïka, le Che, René Lévesque, ma mère et toi. Et ta sœur. Voilà où nous en sommes. Ceci ne tient compte ni de l'Asie ni de l'Afrique, ni des civilisations sans écriture. D'un autre point de vue, il y eut le Big-Bang, l'âge de bronze, Pépin le Bref, le cinquième concile de Latran, la prise de Constantinople, le traité de Tordesillas, Louise Labé, la Grande Paix de 1701, les pogroms, Karl Marx, la prohibition, la découverte de la pénicilline, René Lévesque, ma mère et toi. Et ta sœur. Grosso modo. Cette brève liste de gens et d'événements est arbitraire, mais elle pourra te servir dans d'éventuelles conversations avec l'adulte ; il aime les noms propres.

ORTHODOXE *adj.* Individu qui ne dit que les bonnes choses et ferme sa gueule le reste du temps.

PAUVRE *adj.* et *n. m.* Le pauvre est sournois. Il cache son jeu et essaie de passer pour un quidam de la classe moyenne. Tu le reconnaîtras à ces signes : l'été, il sort en camisole sur son balcon et parle à tue-tête, et l'hiver... l'hiver, je ne sais pas, je crois qu'il s'encabane. Mais en toutes saisons, on peut l'apercevoir dans des endroits faits exprès pour lui : les buanderettes, les dépanneurs et les magasins Yellow, Renaissance et Dollarama. Attention ! Le pauvre et le mot « pauvre » sont tabous dans notre culture. Il faut plutôt dire défavorisé, humble, nécessiteux, économiquement faible ou ne pas évoquer ce personnage. *Voir* orthodoxe et classe moyenne. *C'est de l'enfer des pauvres qu'est fait le paradis des riches.* Victor Hugo.

PRESCRIPTION *n. f.* 1. Bon de commande pour obtenir des médicaments contrôlés par l'État et la corporation des toubibs. 2. Recette pour absorber correctement lesdits médicaments. 3. dr. Terme désignant le moment précis où la nuit des temps avale certains crimes, délits et obligations, empêchant ainsi toute tentative de les réprimer ou de les exécuter. *Syn.* caducité, péremption.

PRESCRIT *adj. Voir* prescription.

PRÊTRE *n. m.* Travaille à l'église. Personnage principal de la messe.

ROI *n. m.* Mot fourre-tout signifiant tantôt le meilleur de sa catégorie (le roi de la patate), tantôt le souverain d'un État indépendant. Le roi se distingue du président en ceci qu'il est désigné sans nécessairement avoir manifesté le désir de faire la job. Le président souhaite toujours être président, il le désire du fond de son être, mais il est mandaté, donc imputable, et sa charge, de même que les privilèges y afférents, sont limités dans le temps et non transférables par voie de legs post mortem.

ROISILLON *n. m.* Petit roi chauve dont le corps, à la naissance, est recouvert d'un fin duvet doré.

RONDELLE *n. f.* Petite femme ronde et dodue comme Élise.

ROYAUTÉ *n. f.* Maladie héréditaire. *Voir* roi.

TERRE *n. f.* Mot fourre-tout désignant à la fois la planète sur laquelle nous vivons; sa surface et ses grandes, moins grandes et infimes divisions; le sous-sol de cette planète, l'ensemble des êtres humains habitant cette planète. Selon le contexte, la terre peut être calcaire, argileuse, marneuse, grasse, riche, pauvre, amendée, contaminée, de Caïn, natale, promise, déserte, concédée, louée, sainte, conquise, cuite, brûlée, arable, fertile, vierge, *incognita,* haute, basse, habitée, surpeuplée, dévastée, hypothéquée, marécageuse, en bois debout, à vendre, à foin, à pâturage, noire, jaune, rouge, verte, franche, ferme, de Sienne ou d'ailleurs, notamment, et dans la vieille cosmogonie véhiculée par la langue française, elle s'oppose encore et toujours à la mer, qu'elle porte dans ses abysses, et au ciel, qui pourtant la contient.

VAUTOUR *n. m.* zool. Rapace de grande envergure. Contrairement à l'oiseau tchoum-tchoum, qui ne se nourrit que des meubles et des miroirs, l'antique vautour mange tout ce qu'on lui ordonne de manger. Un jour, bien avant le Déluge, le Titan Prométhée contemplait les humains sur son écran radar. Ils étaient transis de froid, maussades et incultes. Cette vision chagrina Prométhée – c'était un bon Titan, ayant le cœur sur la main. Il déroba le feu du ciel, alors prérogative des dieux, pour l'offrir aux humains. Les dieux n'apprécièrent pas. On enchaîna Prométhée à un rocher et on ordonna au vautour de lui dévorer le foie. Mais ce foie se régénérait durant la nuit et le supplice de Prométhée a duré une éternité. C'est Hercule qui l'a délivré.

VISIBLE 1. *n. m.* Tout ce qu'il nous est donné de voir en une vie. La beauté. La laideur aussi. 2. *adj.* Accolé au mot minorité, désigne celle ou celui qui porte les stigmates d'une différence avec ceux ou celles qui leur donnent l'épithète. Visible veut donc dire hétérogène, différent, autre. Les albinos sont visibles. Les Haïtiens aussi. Mais pas les imbéciles. *Voir* ethnique.

OUVRAGE RÉALISÉ PAR
LUC JACQUES, TYPOGRAPHE
ACHEVÉ D'IMPRIMER
EN AOÛT 2012
SUR LES PRESSES
DE MARQUIS IMPRIMEUR
POUR LE COMPTE DE
LEMÉAC ÉDITEUR, MONTRÉAL

DÉPÔT LÉGAL
1re ÉDITION : 3e TRIMESTRE 2012
(ÉD. 01 / IMP. 01)